LES

ORAISONS AMOUREUSES

DE

JEANNE-AURÉLIE GRIVOLIN,

Lyonnaise.

PAR

Mr ROGER PILLET,

Auteur de Réfugiées.

ORNÉES DE NOMBREUSES VIGNETTES

PAR Mr PIERRE COMBET-DESCOMBES.

LYON,

IMPRIMERIE TYPOGRAPHIQUE DES DEUX-COLLINES.

1919.

ORAISONS AMOUREUSES

LES

ORAISONS AMOUREUSES

DE

JEANNE-AURÉLIE GRIVOLIN,

LYONNAISE.

PAR M.r ROGER PILLET.

ORNÉES DE NOMBREUSES VIGNETTES

PAR M.r PIERRE COMBET-DESCOMBES.

LYON,

DE L'IMPRIMERIE DES DEUX-COLLINES,

PLACE BELLECOUR, 16.

1919.

AVERTISSEMENT.

Ce n'est pas sans hésitation que je me permets d'écrire un avertissement aux lecteurs du journal de Jeanne-Aurélie Grivolin. J'eusse voulu offrir, aux esprits délicats et aux cœurs tendres, la seule délectation des pages d'amour d'une jeune fille du début du dernier siècle. Il me paraissait qu'un nom et une date suffisaient à présenter ces « Oraisons » d'amour, qui furent écrites en 1802, mais qui, à quelques détails près, eussent pu l'être à n'importe quelle époque. Des amis m'ont pressé de donner plus d'indications. Je me suis laissé persuader, peut-être secrètement flatté d'associer mon nom à celui d'une femme qui fut belle et tendrement aimée. Pourtant, je voudrais que nul appareil critique, nulle lourdeur historique, ne défigurât un si léger et émouvant vestige de la vie du passé.

Je m'excuse à l'avance d'y toucher avec des mains pieuses, mais peut-être maladroites.

❦

J'ai trouvé le cahier de souvenirs de Jeanne-Aurélie Grivolin dans une sordide boutique de bric-à-brac de la rue du [*en blanc*], à Cherbourg. Il y était venu dans le tiroir d'un meuble sans valeur, entre des amas de vieux papiers. Le brocanteur avait vendu le meuble et empaqueté le reste.

Je ne sais par quel divin hasard j'ai éparpillé ces papiers, que ma maladresse à me tourner dans une pièce encombrée avait fait choir, ni pourquoi ma main distraite a feuilleté ce cahier sans couverture.

Mais alors une ligne a suffi !

J'ai refait la pile, j'ai tout acheté, tout ficelé, tout emporté. J'ai couru au tramway, et, enfin dans ma chambre, j'ai lu, avec l'émotion qu'on peut penser, les pages ardentes que voici.

J'ai voulu retrouver le souvenir de Mlle Grivolin. La famille Grivolin s'est éteinte. Jeanne-Aurélie n'avait pas de frère, elle n'avait pas d'oncle, elle n'eut pas d'enfants. Actuellement encore, je n'ai rien pu découvrir à Lyon qui me donnât la moindre certitude. Et c'est peut-être mieux ainsi.

A Cherbourg, j'ai été présenté à deux vieillards qui l'avaient un peu connue et qui avaient beaucoup entendu parler d'elle. C'est d'eux que je tiens ceci :

Jeanne-Aurélie Grivolin était venue à Cherbourg à dix-huit ans environ, chez la sœur de sa mère, une dame Leviandier, dont le mari, d'origine normande, était officier de marine et eut une belle carrière, mais brève, pendant les premières années de l'Empire. Mme Leviandier avait un fils, Jean Leviandier, qui devint officier : il était capitaine en 1815. Rendu à la vie civile par la Restauration, il se fit négociant et armateur. Il fut un des premiers à organiser régulièrement les rapports commerciaux, que la paix rendait possibles, entre la France et l'Angleterre où il vendait les beurres, les œufs, les légumes et les fromages du Cotentin. Il amassa ainsi une belle fortune. Il était resté célibataire. Il fréquentait assidûment chez sa cousine qui était de deux ans son aînée. Les habitués de la maison avaient remarqué son attitude auprès de Jeanne-Aurélie.

L'un des vieillards m'a dit : « Mes parents prétendaient qu'il l'avait toujours aimée, que peut-être elle l'avait aimé, mais qu'ils ne s'étaient pas mariés, sans qu'on sût pourquoi. D'ailleurs, il n'y a là rien de certain. Mes parents n'ont dû connaître Jeanne-Aurélie que vers l'âge de soixante-trois ans et tenaient ceci de leurs parents, sans doute ».

Ce qui accroît la curiosité et épaissit le mystère, c'est que J.-A. Grivolin était mariée depuis 1807. Elle avait alors vingt-trois ans. Elle devait être d'une grande beauté, si l'on en croit les souvenirs longtemps conservés dans les familles de la société cherbourgeoise et dont ces excellents vieillards m'ont apporté un écho. L'un d'eux me dit en souriant : « Il fallait qu'elle fût très belle pour être tant admirée à Cherbourg, où, de tout temps, les jolies femmes ont été nombreuses ».

Elle avait épousé un M. de Bricqueville, de la branche cadette, noble de la région, de dix ans plus âgé qu'elle, fort riche en terre. On disait d'eux : « C'est un beau couple ».

La lecture des dernières pages du cahier fera comprendre mon insistance à parler de Jean Leviandier et mon étonnement d'avoir appris le mariage de Jeanne-Aurélie avec M. de Bricqueville. J'aurais presque souhaité que ce fût cet enfant ardent qui rendît à Jeanne-Aurélie le goût de la vie et de l'amour. Je n'ai rien pu savoir. Les pièces qui accompagnaient le cahier étaient insignifiantes. J'ai pourtant tout dépouillé : catalogue de la bibliothèque de

M. de Bricqueville, livres de comptes, état des domaines, des terres et des fermages, et le fatras des lettres d'affaires.

Je reste très intrigué par le tour énigmatique de l'antépénultième note du cahier, la seule où une sorte de frisson romantique se fasse pressentir, par la brusque cessation du journal après l'aveu émouvant du « grand enfant taciturne », par les souvenirs incertains des parents des vieillards cherbourgeois.

En tout cas, si Jeanne-Aurélie et Jean Leviandier ne se sont pas mariés, je n'en suis pas surpris. Après les aveux orgueilleux et tristes de Jeanne à sa tante, à cause de la proche parenté et de la différence d'âge des deux jeunes gens, il ne pouvait être question d'union légitime. Mais ces obstacles n'en sont pas pour des cœurs ardents et des âmes nobles qui pensent que l'amour porte en soi sa légitimité.

M. de Bricqueville mourut en 1850, à soixante-seize ans. Jean Leviandier mourut dix ans plus tard. Jeanne-Aurélie leur survécut jusqu'en 1869.

Les deux vieillards de qui je tiens mes renseignements fragmentaires l'ont connue, l'un trois ans avant, l'autre l'année même de sa mort. Le premier m'a dit : « Elle était encore droite et alerte et avait autant de grâce qu'une femme peut en avoir à cet âge. Depuis la mort de son mari, elle ne fréquentait plus les églises et vivait assez retirée, visitée seulement de quelques personnes choisies. Mes parents étaient du nombre. Elle était de commerce agréable, fort causeuse et aimant à conter. Elle s'exprimait sur tous les sujets avec la plus grande liberté, mais ne tolérait pas qu'on parlât du voisin. Elle aimait les amoureux.

— Je me souviens, maintenant que vous me faites remuer ces vieilles choses, je me souviens qu'un jour, quelqu'un lui dit :

— Vous avez dû être très courtisée, Madame?

— Non pas, répondit-elle, je ne l'eusse pas toléré.

— Très aimée, alors ?

Elle sourit d'abord, son sourire s'évanouit, et, très grave, elle dit : « Oui, j'ai été très aimée... autant, je crois, qu'on peut l'être ».

Un vieillard de son âge lui dit : « Et vous, ma chère amie, avez-vous aimé ?

— A mon âge on peut se confesser publiquement, dit-elle. J'ai aimé les deux hommes qui m'ont aimée ».

Et je me rappelle fort bien qu'une dame demanda :

— L'un d'eux était sans doute M. de Bricqueville ?

Mais Mme de Bricqueville, perdue dans ses souvenirs, ne répondit pas. »

Le second de mes informateurs n'a pas conservé d'autre souvenir personnel que celui d'une vieille dame dont la voix était charmante et qui portait encore avec distinction les anglaises et les crinolines.

Jeanne-Aurélie Grivolin mourut en se mettant au lit, le soir du 9 juin 1869. Elle était née en 1784.

Je n'ai rien dit de celui qu'elle a tant aimé et qui disparut si soudainement : Charles Dumesnil. C'est que je n'ai rien pu percer du mystère qui entoure sa vie et sa mort.

Peut-être un curieux pourrait-il aboutir en étudiant la famille de Mme de Vernaisay, les correspondances lyonnaises de 1802 ou les archives des notaires. Je n'ai rien trouvé et je dois avouer que j'ai renoncé aux recherches. Le respect du mystère me paraît une piété due à de si belles amours.

L'aspect du manuscrit nécessite quelques remarques. C'est un cahier in-4° couronne semblable à ceux des collégiens : très épais, d'un beau papier uni, sans marges et sans filigrane. J'ai déjà dit que je l'ai trouvé sans couverture.

Avant ses amours, Jeanne-Aurélie écrivait depuis une marge limitée d'un trait de crayon, jusqu'au bord opposé de la page. Plus tard, elle a effacé le trait.

Avec plus de soins et de recherches, avec plus de plaisir certainement, sont notés les souvenirs des jours d'amour. Elle a ménagé une marge de chaque côté du texte et affermi son écriture. Chaque page prend ainsi un aspect typographique très élégant. D'ailleurs, elle n'a jamais rappelé plus d'une journée par page.

Les pages normandes trahissent l'état de son cœur et sa désolation. Son écriture, jusque là ferme et fine, artiste et volontaire, s'allonge et s'écarte insensiblement. Les lignes sont moins droites et plus espacées. Les marges ont disparu. Des mots manquent et des négligences apparaissent. Je me suis permis d'y remédier.

Le lecteur remarquera lui-même qu'il n'y a pas de titres aux fragments écrits en Normandie, et qu'après la mort de Charles Dumesnil, sa tendre et délicate amie n'a plus voulu être nommée Aurélie. « Aurette » était morte au monde depuis le 2 septembre 1802.

Le papier et l'encre du journal ont été jaunis par le temps et l'usage. Il est certain que Mme de Bricqueville a souvent relu le seul monument élevé à son amour. Je pense ne pas me tromper en avançant, d'après l'écriture, que le titre « Oraisons amoureuses », ainsi que les titres de chaque journée, ont été écrits assez tardivement par Mme de Bricqueville et pour consacrer l'usage où elle avait dû s'enfermer de relire, peut-être chaque jour, une page de son journal et d'en faire l'objet de sa rêverie et de sa méditation.

On verra que le sentiment du recueil s'y prêtait. On sera surpris — du moins, je l'ai été — de la qualité spirituelle et sentimentale des amours de Jeanne-Aurélie Grivolin.

Au moment même où la sensiblerie romantique, la métaphysique et les clairs de lune s'emparaient des âmes, la jeune et belle Lyonnaise conservait du siècle précédent la liberté de l'esprit et du cœur. Elle retrouvait sans effort les nobles traditions antiques : le respect de la beauté et de l'amour, le sens païen de la vie. Elle y joignait, par la vertu de sa nature généreuse, une originalité qui nous la rend adorable : l'ardeur et la piété dans la passion, la religion de l'amour.

Les historiens qui aiment à envelopper dans des idées générales la complexité de la vie, vérifieront peut-être, par l'étude attentive de ses « Oraisons », qu'elle était bien de cette ville de Lyon, où, toujours, les formes supérieures de l'activité humaine s'auréolent de religiosité et de mysticisme. Malgré tout ce que je pourrais en penser, je n'y contredirai pas.

Pour ma part, je n'espère pas dire mieux qu'elle ce qu'elle éprouvait, ce qu'elle souhaitait, ce qu'elle a réalisé si brièvement, mais avec tant de ferveur.

Ses amours ont été une fête pieuse, un culte à la Beauté et à la Vie.

Lyon, le 25 octobre 1918.

LES

ORAISONS AMOUREUSES.

I.

Saint-Valentin, 1802.

DEPUIS quelques jours les froids et les pluies avaient cessé, mais le ciel ne quittait pas son manteau de brumes. Ce matin le brouillard s'est levé de bonne heure et le soleil n'a laissé qu'une buée légère qui gardait à ce jour, égayé de lumière, une charmante et suave mélancolie.

Premier sourire de l'année, que vous êtes délicieux ! Je suis allée à la campagne à Caluire. La vallée de la Saône et les coteaux qui la bordent étaient adorables.

de grâce et de langueur. Tous les tons de la terre, des arbres, des eaux et des habitations, s'unissaient en une harmonie mauve et rose dans le léger brouillard et sous le ciel bleu frêle.

Pour moi, ce paysage de février n'était pas sans tristesse; il me faisait comprendre ma chère maman, que j'ai toujours connue charmante, mais timide devant la joie, belle, mais comme voilée de langueur et de mélancolie. Chère maman, tandis que ce paysage s'épanouira et brûlera d'ardeur sous les soleils d'été, toi, tu restas toujours à la Saint-Valentin.

Mais le sens profond de ce jour me fut révélé par une petite pâquerette trop tôt éclose. Elle était timide, à la fois heureuse et mélancolique, comme un amour né trop vite dans un cœur de petite fille, trop faible pour le contenir.

14 février.

II.

SOIR.

Comme il faisait beau ce soir! J'étais au bord du Rhône. Le fleuve était comme une voie animée, verte, or et pourpre. Le soleil se couchait dans sa gloire au sommet des montagnes et le ciel était d'or rouge, d'or jaune, de narcisse et puis d'un vert délicieux, vibrant, immatériel. A l'orient, il devenait bleu, puis gris et plus sombre enfin.

Sous les cieux majestueux, la ville glissait au silence.

Mais je ne peux pas dire ce que sentait mon âme. A la fois exaltée et alanguie, elle était pénétrée de la beauté des couleurs, des sons et des parfums, et de je ne sais quelle impression ineffable de ce soir délicieux, au point que ma gorge se soulevait et que mon corps tout entier frémissait, satisfait en un sens et cependant aspirant à quelque bien inconnu de la terre.

20 février.

III.

JOIE.

Je me sens forte et saine. Je me compare à un beau cheval de belle race, piaffant et prêt à partir, tirant sur sa bride, impatient.

Quand je marche, mes pieds se posent fermement sur le sol et je suis heureuse de marcher et de sentir le rythme libre et régulier de mes jambes.

Quand je respire, ma gorge se soulève, l'air pénètre en moi et me vivifie.

Je ne suis pas laide non plus, mais ce n'est pas à moi de dire cela.

27 février.

IV.

ESPOIR.

Je ne connais pas l'amour, mais j'aspire à l'amour.

Fidèle non initiée, je me tiens, suppliante, à la porte du temple et j'attends celui qui me conduira vers le dieu.

Oh ! je saurai attendre. Je ne suis pas de ces filles pressées qui s'inquiètent peu du compagnon, pour le voyage enchanté.

Non, non, je veux choisir. Je le veux digne de mes rêves, de mon attente passionnée, de l'idée magnifique et pieuse que je me fais de l'amour. Je veux pouvoir prendre son bras et le suivre, sans hésitation, sans regret.

Ah ! ce jour-là ! quelle allégresse, quel triomphe ! O amant bien-aimé, aimé avant d'être connu, ardemment souhaité, je te veux beau et noble pour te faire, de toute ma volonté, le don de mon âme et de ma beauté.

3 mars.

V.

PIÉTÉ.

NON ! Non ! je ne suis pas pieuse. Je ne suis même pas croyante. Je crois en la nature, et, si j'adorais quelque chose, ce serait la terre et le soleil.

Ce serait peut-être aussi les hommes, pauvres êtres misérables, soumis au destin. Ce serait l'amour.

Si je n'aime pas la religion chrétienne, c'est à cause de sa haine de l'amour et de la beauté. La Beauté et l'Amour, les anciens en avaient fait des dieux : c'était Vénus et c'était l'Amour. Les chrétiens en ont fait des démons ou des occasions de péché.

Moi, j'aime l'amour et la beauté.

8 mars.

VI.

ANTIQUITÉ.

JE regrette les temps où vivaient les dieux de la Grèce antique. Mon regret est comme une nostalgie des jours ensoleillés où la Beauté régnait sur le monde, où Vénus était déesse, où l'Amour était dieu, où le corps humain était magnifié.

Il me semble parfois que j'ai vécu, dans ces temps bénis, une première vie, et j'ai des visions aiguës comme des réminiscences de plages d'or au bord de mers bleues, où de belles femmes et de beaux adolescents nus dansent et jouent, tandis qu'un couple, à pas furtifs, gagne le mystère du bois.

La nymphe hésite et son pied est lent à quitter le sol ; lui, la soutient et la presse, un bras à sa taille, et, penché vers elle, il lui murmure tous les mots délicieux qui font tomber les scrupules et s'évanouir les hésitations.

Et moi, heureuse et nue, je me plonge dans la mer, dans la mer illuminée, qui n'est plus que le sourire innombrable de Cypris marine.

9 mars.

VII.

LA PARABOLE DES VIERGES SAGES.

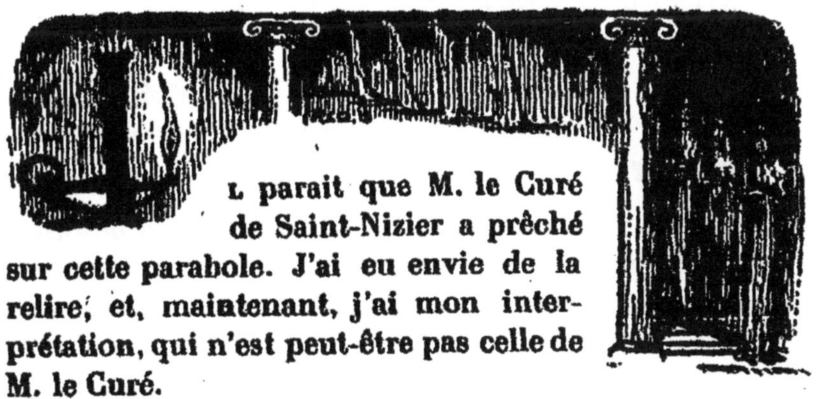

Il parait que M. le Curé de Saint-Nizier a prêché sur cette parabole. J'ai eu envie de la relire, et, maintenant, j'ai mon interprétation, qui n'est peut-être pas celle de M. le Curé.

Les vierges folles, ce sont celles qui méprisent

l'amour et s'en rient. Elles ne se soucient pas d'être en état de grâce et quand viendra l'époux, leur lampe sera sans huile, et il leur dira : « J'avais songé à vous, mais voici que vous êtes comme des puits sans eau, comme des vases sans parfum. Je ne vous connais pas ».

Mais moi je suis semblable aux cinq vierges sages et ma lampe est toujours pleine d'huile et allumée.

Depuis longtemps, je suis en attente de l'époux. Je serai prête, quelle que soit l'heure où il m'apparaîtra, vêtu de douceur et de gravité, où il ouvrira toutes grandes les portes de la salle du festin, dont le bruit retentira jusqu'au fond de mon être.

11 mars.

VIII.

LA BEAUTÉ INUTILE.

Je suis entrée comme maman était nue, devant sa pysché.

— Eh bien, petite! a-t-elle fait.

Mais je lui ai dit, en embrassant son épaule :

— Tu es belle, maman.

Et c'est vrai. Elle est belle comme un bel automne quand les fruits pendent aux branches. Les plis mêmes de sa chair sont beaux. Ses seins lourds et ses fesses font songer au mois d'octobre quand il est riche de fruits et de soleil.

J'ai répété : « Tu es belle, maman ».

Elle s'est regardée de côté dans le miroir et, après un imperceptible soupir, elle a dit :

— A quoi cela sert-il ?

J'ai pris le flacon que je venais chercher et je suis sortie.

Ah ! chère maman, quel regret dans ton regard et dans tes paroles ! Quel regret dans toute ta beauté d'avoir été inutile ! Puissé-je ne jamais soupirer comme toi, puissé-je connaître l'amour pour qui la beauté s'épanouit.

12 mars.

IX.

LE RETOUR DU SOLEIL.

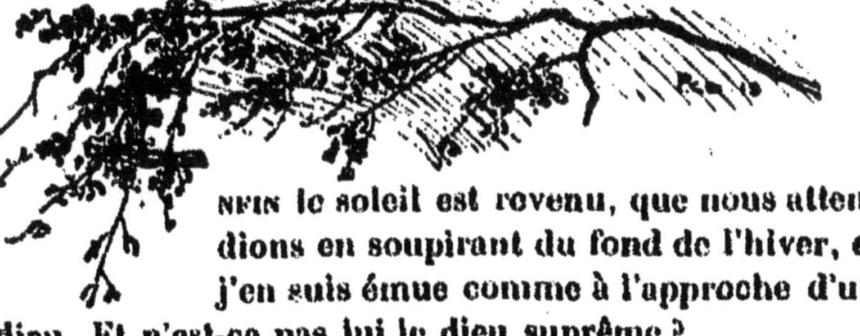

ENFIN le soleil est revenu, que nous attendions en soupirant du fond de l'hiver, et j'en suis émue comme à l'approche d'un dieu. Et n'est-ce pas lui le dieu suprême ?

Les brouillards évanouis sont comme des tuniques qui cachaient la beauté de la nature. Le jeune soleil, comme un amant audacieux, a dévêtu sa bien-aimée.

O noces mystiques et sensuelles ! Voix innombrables et murmurantes de la nature qui s'éveille à l'amour, ardeur triomphale de l'Epoux !

Et nous-mêmes et moi-même, oui, moi-même, est-ce que nous ne sommes pas comme des vierges destinées à l'hymen, émues, hésitantes, mais déjà vaincues et soumises au bien-aimé ? O printemps, jeune printemps !

16 mars.

X.

APIA.

MADAME de Vernaisay lisait un livre quand j'entrai dans son petit salon.

Elle me dit à brûle-pourpoint :

« Mignonne, assieds-toi et écoute ceci » — et elle me lut la vie de saint Hilaire, évêque de Poitiers, telle que la Vie des Saints la contient. — Elle lut deux fois le passage suivant, que j'ai à peu près retenu : « Et comme la fille d'Hilaire, Apia, voulait se marier, son père lui adressa un discours qui la décida à rester dans l'état de virginité. Mais son père, craignant qu'elle ne fléchît un jour dans cette résolution, pria le Seigneur de la rappeler à lui, au lieu de la laisser vivre plus longtemps ; et ainsi fut fait, car peu de jours après la jeune fille mourut ; et saint Hilaire l'ensevelit de ses propres mains ».

« Voilà, voilà ! fit ma vieille amie, en secouant la tête d'indignation. Ah ! comme j'eusse aimé que Monsieur de Voltaire lût ceci. Quels traits vengeurs n'eût-il pas décoché aux ennemis de la loi naturelle, vraiment ennemis du genre humain.

— Mais, dis-je, les prières de saint Hilaire n'ont évidemment rien fait pour hâter la mort de la pauvre Apia.

— Je le sais bien, parbleu, je le sais ; aussi bien l'histoire est aussi ridicule que possible et ne pourrait guère émouvoir que ce grand dadais de Monsieur de Chateaubriand dont on me paraît si féru.

Mais ce que j'aperçois ici, c'est la pensée du christianisme et cette pensée me fait frémir. Ce père qui demande à Dieu de faire mourir sa fille pour qu'elle reste pucelle est le dernier des misérables, et la bonne bête qui raconte cela est la dernière des bêtes. Voilà bien l'essence de la religion : horreur de l'amour, horreur de la vie, horreur de la nature.

— Pauvre Apia ! fis-je.

— Bah ! répliqua Madame de Vernaissay, redevenue souriante, il fallait bien qu'elle fût un tantinet toquée puisqu'elle se laissa convaincre ! Tous les discours de mon père, eût-il été saint, ne m'auraient pas empêchée de renoncer à l'état de virginité, et plutôt deux fois qu'une ».

17 mars.

XI.

AU BIEN-AIMÉ INCONNU.

BIEN-AIMÉ inconnu, quand tu viendras à moi, je le sentirai au tressaillement de mon cœur et de mes seins. Je n'aurai pas besoin d'autre révélation pour savoir que je t'ai choisi entre tous les hommes.

Mais toi, comment devineras-tu qui je suis et ce qu'est mon âme ? Je veux que tu aies la révélation entière de moi-même et que nul secret de mon cœur ne t'échappe. Je veux que tu me connaisses toute, pour n'avoir jamais de désillusion.

O bien-aimé inconnu, quand tu viendras à moi, je veux seulement te donner mon regard. Plus proche, je poserai ma tête sur ton épaule. Voyageuse d'amour en découverte de l'ami, j'aurai trouvé enfin le lieu divin de mes repos, la halte et l'oasis.

O bien-aimé inconnu, quand viendras-tu à moi ?

18 mars.

XII.

LANGUEUR.

E premier jour de printemps est d'une si grande douceur que je me sens pénétrée de langueur.

Assise à ma fenêtre, j'ai rejeté mon livre et ma broderie ; je ne puis m'intéresser à rien.

Je ne sais si je pense ou si je rêve.

J'ai des désirs contradictoires. Tantôt je voudrais m'allonger, et blottir ma tête dans mes bras, et oublier le monde ; tantôt je me raidis et j'étends mes bras et mes jambes, comme ivre de mouvement ; tantôt enfin — et peut-être est-ce là le désir secret de mon âme — mes bras se tendent et mes lèvres...

Hélas ! je n'ai pas de nom à prononcer en levant mes bras chargés de langueur et d'amour.

21 mars.

XIII.

APPARITION.

Je crois pouvoir le dire et pourtant je n'ose..., j'ai trop peur de me tromper.

Mais qu'est-ce que je veux dire ? ô mon cahier, ne sois pas trop bavard et cache bien cette page, cache-la si j'ai raison, cache-la mieux encore si je me trompe.

J'ai rencontré le bien-aimé ! J'ai enfin trouvé Celui que je cherchais. Il est venu, il est venu.

Oh non ! je ne me trompe pas, mes paupières ont tremblé, mes lèvres aussi — et mes seins et mon cœur ont tressailli — et je ne sais quelle coulée chaude et alanguissante a parcouru mon être.

Mais lui !

Lui ! lui !... oh ! ce fut comme moi-même ! Ses yeux l'ont dit, ses yeux l'ont dit.

. . . .

Ah ! Mademoiselle Jeanne-Aurélie Grivolin, soyez calme et patiente. — Si vous vous trompiez...

25 mars, à minuit et demie.

XIV.

LA PRÉSENTATION.

C'est Madame de Vernaisay, qui me l'a présenté : « Le fils d'un de mes vieux amis, et que j'aime beaucoup ».

Saluts, grâces et compliments. Mais pourquoi semblaient-ils être mieux que les banalités d'usage ? — que contenaient-ils déjà ?

Il est jeune et gracieux. Il revient d'Italie. Il a dans le regard je ne sais quelle mélancolie mêlée à de l'ironie et à de la gaîté. Sa voix a des inflexions charmantes. Ses cheveux sont noirs et ondulés. Ses lèvres sont belles.

Il a l'air doux et violent.

Nous avons causé. Nous étions d'accord.

Sur quoi ? Ma foi, je ne sais plus ; sur tout et peut-être sur autre chose encore.

Mme de Vernaisay est venue à nous : « Mais mignonne, on te désire ailleurs. Monsieur Dumesnil t'accapare ».

Nous avons rougi légèrement. Il s'est excusé.

Plus tard j'ai rencontré son regard posé sur moi : plus de mélancolie, plus d'ironie, la passion, l'ardeur — oui, oui...

26 mars, neuf heures du matin.

XV.

CURIOSITÉ.

Je suis passée chez Madame de Vernaisay pour entendre parler de lui. La bonne dame n'y a pas manqué.

« — Eh bien ! mignonne, n'est-ce pas qu'il est gentil mon jeune ami ?

— Monsieur Dumesnil?

— Mais oui. Vous avez bien bavardé. Il est aimable.

— Vous connaissez son père?

— Je l'ai connu. Ses parents sont morts. Il est seul maintenant. Il a une petite fortune qui lui permet l'indépendance. Il est travailleur. Il s'instruit sans cesse et je crois qu'il se pique d'écrire.

— Poëte et aimé des dames, fis-je en riant, mais gênée a l'idée des belles Italiennes.

— Poëte, je ne sais. Aimé des dames, peut-être; il a bien ce qu'il faut pour cela. Sans être joli, il a gardé la grâce de sa mère. Mais je ne crois pas qu'il les aime.

— Oh! Oh!

— Si, petite, je sais ce que je dis — et je le regrette d'ailleurs! — mais c'est ainsi. Il n'aimera pas à la légère et facilement. Il t'a trompée avec ses airs ironiques et ses moues détachées; il est passionné, violent, entier. Il aimera — quand il aimera — à fond, d'un coup, et avec toute la violence de son âme. Il mettra tout dans l'amour : ses rêves, ses sens, ses désirs, ses espoirs, ses enthousiasmes. Ce sera un prince d'amour! Je crois qu'il hésitera longtemps. Quand il aura choisi — s'il s'est trompé — ce sera terrible : il ou elle en mourra ».

Je n'avais plus de force à l'entendre et je me fis violence pour dire ironiquement :

« — Brr! vous me faites peur, et ça ne me donne pas envie d'attirer les regards de votre jeune prince.

— Eh! eh! fit-elle du même ton, méfie-toi donc mignonne, il a parlé de toi deux fois au milieu d'autres discours et dame...»

Mais j'étais maîtresse de moi..., car moi aussi, je

suis comme lui, exactement comme lui — et je ne veux ni être surprise, ni me tromper.

J'affectai la demi-indifférence : « Il vient à Lyon pour quelque temps ?

— Oui, il voyage, il se fixe ici ou là, il se fixera où il se plaira. Plaisanterie à part, il est intelligent, et gentil garçon, et il ne donne pas dans le mysticisme niais d'aujourd'hui ».

J'ai eu l'air de n'entendre qu'à peine et nous avons parlé d'autre chose.

Mais mon cœur, mais mon cœur...

26 mars, 10 heures.

XVI.

ESSAI DE RÉFLEXION.

Voyons, Jeanne-Aurélie Grivolin, il ne faut pas perdre la tête. Le « prince » de Mme de Vernaisay est fort bien, mais l'aimer, l'aimer ? Je me relis : est-ce lui l'amant inconnu ? est-ce vers lui que j'ai tendu les bras et pour lui que j'ai soupiré dans les soirées ardentes et mélancoliques ? Ah ! je ne voudrais pas me tromper et j'ai trop de splendeurs à révéler, moi aussi, pour ne pas être prudente et méfiante. Mais comme je voudrais suivre le penchant de mon cœur... Je l'ai rencontré hier...

28 mars.

XVII.

LA RENCONTRE.

Je viens de le quitter. Il m'a conduite jusqu'à la porte. Comme je me sens légère et grave, à la fois, près de lui. Il est pourtant gai, primesautier et délicat. Je vois bien... Mais comment étais-je avec lui ? Je l'ai rencontré sur le quai du Rhône. Il m'a saluée gracieusement et m'a dit ensuite :

« Mademoiselle, votre sourire est charmant et nulle n'a le secret de dire bonjour comme vous le faites ».

Il n'a d'ailleurs pas dit d'autre compliment et je lui en sais gré. Il n'en est pas besoin entre nous. Nous sommes capables de nous comprendre. Si, pourtant, il a dit, m'interrompant et sans insister, mais comme ne pouvant plus se taire : « Vous êtes harmonieuse ».

J'ai eu quelque peine à reprendre la suite de ma phrase et j'ai senti comme une faiblesse très douce, dans mon corps.

Au seuil de la porte, après l'adieu, nous sommes restés, un court instant, silencieux et immobiles, les yeux baissés. Quand nous avons rejoint nos regards, nous avons souri ; je ne sais ce que disait mon sourire, puisque j'eusse voulu à la fois qu'il me trahît et ne me trahît pas ; mais le sien, mais le sien..., tendresse, prière et comme une demande de pardon.

2 avril.

XVIII.

MÉDITATION.

CEUX-LA sont bien banals qui font tant de compliments et de gestes d'adoration à la belle de leur rêve. Ils ne savent pas aimer, ils ne savent pas conquérir.

Il est d'autres façons. Il est une façon de se caresser de paroles, de se dire sans cesse son amour naissant, d'avouer ses troubles, ses hésitations, ses désirs, seulement en parlant d'autre chose, en se regardant, et même par des silences.

Un mot qui paraît perdu dans une phrase, un pauvre petit mot gris et neutre qui, soudain, resplendit comme de l'or — telle une petite conventine, jolie et timide, s'impose aux yeux, malgré la bure du costume et les rangs pressés des compagnes — un jeu du regard, un mouvement des lèvres et le ton du silence, cela suffit, cela suffit : l'âme parle.

6 avril.

XIX.

DÉCOUVERTES.

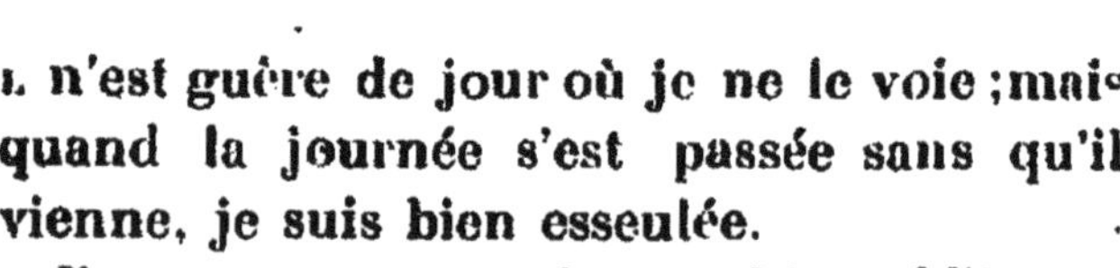

IL n'est guère de jour où je ne le voie ; mais quand la journée s'est passée sans qu'il vienne, je suis bien esseulée.

Nous nous connaissons bien déjà, et, beaucoup de nos pensées, nous n'avons plus besoin de les exprimer entièrement pour nous les apprendre. Nos paroles sont comme une musique qui suggère et que seuls nous entendons.

Ainsi passent les jours, et rien ne paraît changé, sinon cet accord secret de nous-mêmes qui se fait plus complet, plus intime chaque jour. C'est la révélation. Ah ! je n'en ai pas hâte, je suis sûre...

Je sais bien que le jour viendra, le jour de l'aveu, beau comme une Annonciation.

10 avril.

XX.

LA FENÊTRE.

UN moment, pendant la soirée, je m'étais approchée de la fenêtre du petit salon solitaire, sur la place Bellecour.

La nuit était douce et embaumée. L'air était émouvant comme il est ordinairement au mois de mai. La lune, comme un beau vaisseau, voguait dans l'eau bleu sombre des cieux. Elle faisait resplendir de petits nuages blancs doux à l'œil comme les voiles légers qui couvrent le sein des filles.

Tout émue, j'oubliais le monde. Pourquoi Charles n'était-il pas venu ce soir ? Je m'étais faite belle pour lui ; mais en vain. Et je murmurais : « Ah ! Charles ! Charles ! »

Mystère délicieux ! je l'appelais et dans le moment même où je l'appelais, il était vers moi. Je dus rougir, craintive d'avoir été entendue.

Nous nous sommes salués avec cérémonie, mais nos yeux démentaient nos gestes.

Il est venu contre moi, à la fenêtre, et nous avons regardé ensemble le voyage nocturne de l'astre d'argent.

Douceur de l'air, parfum de la nuit, splendeur des cieux, vous fûtes les vainqueurs et les complices de l'amour !

Sa main rencontra ma main sur le bord de la fenêtre et je tressaillis. Il se pencha vers moi. Ses boucles me frôlèrent, et il murmura un doux nom qu'il avait fait : « Aurette, Aurette » ; je l'appelai de son nom tant de fois murmuré : « Charles ».

Son bras enlaça ma taille. Une tendresse infinie emplissait mon âme et me transportait ; je n'appartenais pas à la terre. Alors, comme il se penchait pour baiser mes cheveux, j'ai relevé ma tête et j'ai mis mes lèvres sur sa bouche.

Ce fut notre seul baiser ce soir. Notre premier baiser et le seul aveu de longtemps différé.

15 avril au soir.

XXI.

CRAINTE.

Que de bonheur ! Je suis comme une pauvresse enrichie soudain et qui ne peut croire à sa richesse.

Si tôt, si jeune, j'ai rencontré le doux ami, le doux compagnon pour ma vie entière, et, d'abord, pour me conduire à l'amour.

Parfois, tant de bonheur m'inquiète. Une si prompte et si parfaite réalisation de mes espoirs me fait craindre une vengeance du destin.

Pourtant, je n'ai pas d'orgueil et mon bonheur ne cause nulle souffrance. Et je le reçois avec des mains pieuses et le cœur modeste.

18 avril.

XXII.

LE SECRET.

OH ! je ne crains rien de lui. Sa discrétion, sa loyauté, sont exquises. Il viendra chez moi, chaque soir, et quand, m'étant levée, j'éteindrai une lampe, il saura qu'il doit partir.

Il viendra par le jardin, par le petit salon et par l'escalier d'angle, et nul ne sera dans mon secret.

25 avril.

XXIII.

AUDACE.

Nous n'aimerions pas que ses visites aient l'air mystérieux et romanesque des aventures sévillanes. Il vient chez moi parce que nous voulons être seuls et échapper à la tyrannie des gens aimables.

Au reste, n'est-il pas mon fiancé depuis le soir de notre premier baiser, depuis notre première rencontre? Il le sera bientôt même aux yeux du monde.

Je vais le chercher à la porte du jardin et je le conduis en silence — mais, la porte close, je me jette dans ses bras.

Et je ne crains la rencontre de personne.

26 avril.

XXIV.

LES QUESTIONS.

h ! les douces soirées trop courtes, trop courtes ! Comme nous sommes heureux, isolés du monde, dans mon petit domaine.

J'ai fait de la pièce qui mène à ma chambre un petit salon, et c'est là que je reçois mon bien-aimé.

Il est vrai qu'il a voulu connaître tout le domaine. Que de questions il m'a posées sur chaque objet, sur chacune de mes habitudes ! Ah ! le curieux chéri !

Mais ses baisers ont récompensé mes réponses.

1er mai.

XXV

CARESSES.

l ne veut jamais me laisser asseoir à ses pieds et poser ma tête sur ses genoux, il prétend que cela lui est réservé. Nous restons ainsi de longues minutes.

Ou bien je m'assieds à côté de lui, j'enlace son cou et je cache ma figure dans son épaule, et ses bras me serrent.

Parfois, il me saisit et me renverse un peu sur lui et, penché sur moi, sa bouche cherche ma bouche.

6 mai.

XXVI.

PHILOSOPHIE.

Entre les baisers et les silences, nous causons. Il me révèle sa pensée et son âme — Il me révèle à moi-même. Comme je me connais mieux, comme je me comprends mieux !

Je lui ai dit : « Ami, mon ami, non seulement vous m'avez apporté le bonheur, mais encore la sagesse ».

Il m'a répondu : « Mais non, Aurette, c'est toi, c'est toi qui m'enseignes vraiment la vérité. Il y a tant de beauté et d'amour en toi, ma bien-aimée, que tu donnes un sens à la vie et que tu fais comprendre que toute vertu est dans l'amour.

— Mais je suis bien sûre que ces idées viennent de toi ».

Il a fini par dire : « Peut-être viennent-elles de nous. Non pas de toi *ou* de moi, non pas de toi *et* de moi, mais de Nous, du Nous unique que nous sommes par l'accord de nos âmes et la vertu de l'amour.

Toutes ces pensées étaient en chacun de nous, obscures, confuses. Elles n'ont pris leur certitude et leur forme que du jour où nous nous sommes aimés. Tu aspirais à la vie, tu sentais que la dignité de l'homme est faite de la qualité de son amour, que notre corps et notre âme ne sont qu'un, et que toute la beauté de ta chair, toute l'harmonie de ton corps contribuaient à la souveraine beauté de ton âme. Tu devinais que la beauté triomphante — et elle ne peut triompher que dans l'amour — est seule capable de nous conduire à la bonté, à l'harmonie, à la vérité.

« Et moi, moi qui promenais mon inquiétude en pèlerinages nostalgiques aux pays où la Beauté fut honorée, pour y découvrir la vérité et le sens de notre vie, et qui en avais eu comme l'intuition, non pas à Venise, morbide et dépravée, non pas devant les œuvres d'art même, mais un matin de printemps à Florence, par le seul effet de la lumière, des lignes et du ton du paysage, mais un soir de l'été suivant à Naples, en entendant le bruit des baisers et les soupirs de joie de deux amants qui mêlaient leur bonheur à toute la splendeur de la nuit terrestre, stellaire et marine, il m'a suffi, ô ma bien-aimée, ma très-belle et très-sage, il m'a suffi de te voir, dans un salon, venir à moi et me sourire pour en avoir enfin la Révélation ».

10 mai.

XXVII.

E SUIS HEUREUSE.

Il me parle : je suis heureuse. Il reste silencieux : je suis heureuse. Il me donne des baisers : je suis heureuse.

Il aime à caresser mon bras de ses lèvres, depuis l'ouverture de la manche, repoussée bien haut, jusqu'aux doigts. Il le parcourt de baisers, légers comme un vol, qui me font frissonner, et le vol se pose en un long baiser dans le creux où la peau est plus sensible.

11 mai.

XXVIII.

TROUBLE.

N grand mystère s'éveille en moi. Jusqu'ici la présence de mon bien-aimé me suffisait. Le contact de ses mains sur mes mains, de son bras à ma taille, ses baisers, comblaient mes vœux.

Pourquoi ce soir étais-je pénétrée de mélancolie? pourquoi aspirais-je à quelque bien inconnu? Il me semble me souvenir de certains soirs où j'étais seule.

Je me suis serrée contre lui plus fort, et je l'ai forcé

à prolonger son baiser sur ma bouche. Nous avons oublié tout et nous-mêmes pendant de longues secondes.

Quand nous nous sommes séparés, toute ma chair vibrait et j'étais humide comme un fruit mûr.

15 mai.

XXIX.

BAISERS.

Nos baisers se prolongent jusqu'à la souffrance. Nos lèvres s'écartent et s'écrasent sous nos dents. Je me meurs et je sens qu'il défaille. Lui, si délicat et si attentif à ne me pas brusquer et à ne marcher dans le chemin d'amour qu'à ma suite et à mon appel consentant, le cher bien-aimé ! il a forcé mes dents et j'ai senti sa langue.

Ah ! ivresse infinie ! — je ne l'ai pas repoussé — je crois bien que je lui ai rendu sa caresse.

17 mai.

XXX.

LA PRIÈRE.

OILA ! j'attendais ce mot en tremblant ! O chéri, chéri, comme tu as su longtemps le renfermer au secret de ton cœur. Cher petit chéri, tu croyais pouvoir toujours me suivre, et voilà que tu me devances et que tu veux m'entraîner.

Ce soir il m'a dit, tremblant de désir : « Veux-tu? »

Et moi, petite fille, moi qui l'attendais, ce mot, qui le désirais presque, j'ai pris peur ; j'ai clos ses lèvres par un baiser, et, tremblante moi-même, j'ai dit : « Tais-toi, tais-toi ».

Il m'a demandé pardon !

18 mai.

XXXI.

SOUFFRANCE ET JOIE.

étrange pouvoir de l'amour !

O damnation bienfaisante et cruelle !

Nos heures de bonheur sont des heures de supplice. Nous essayons de nous vaincre nous-mêmes. Mais fatalement, nous nous rapprochons, nous nous enlaçons et chaque soir, les mêmes joies se mêlent aux mêmes souffrances. C'est trop et ce n'est pas assez.

Ses lèvres et ses mains font lentement ma conquête, sans qu'il veuille demander sa victoire totale. Et je ne peux me résoudre à la lui offrir.

Où sont les jours où il ne baisait que le creux de mon bras?

Ses lèvres ont déjà baisé le haut de ma gorge et mes genoux ; et ses mains ! ô mains fortes et douces, je n'ai plus grand chose à vous interdire...

19 mai, 10 heures du matin.

XXXII.

PREMIER ABANDON.

Je ne me défendrai pas toujours! O ce soir, comment ai-je résisté? Et pourquoi résistai-je, puisque je veux ce qu'il veut?

J'ai dans l'oreille l'accent de prière pressante et soumise dont il me dit : « Veux-tu? » ou même simplement : « Aurette? ».

Ce soir, il m'a levée du sofa et je me suis laissée faire. Il m'a presque portée vers ma chambre et mes pieds consentaient. Il a ouvert la porte, et dans l'ombre j'ai vu mon lit!

Toute ma chair se fondait et ma chair parlait plus haut que moi-même.

Nous sommes entrés dans ma chambre à petits pas. Je me suis trouvée appuyée à mon lit et pressée par mon ami. Il me courbait en arrière et je me sentais défaillir.

Pourquoi ai-je eu un sursaut? Pourquoi ai-je pris peur?

Je me suis dérobée et, toute palpitante, j'ai crié: « Non! non! Charles! »... et je me suis sauvée au boudoir.

Il est revenu derrière moi, lentement, comme s'il ne pouvait plus se retirer du beau pays où il avait rêvé de vivre. Il avait l'air si triste que je lui ai dit bien doucement:

« Charles, pardonnez-moi! ».

Il s'est agenouillé à mes pieds, il a mis sa tête sur mes cuisses, et ses baisers, à travers ma robe, brûlaient ma chair.

Alors j'ai dévoilé un de mes seins pour qu'il y posât ses lèvres.

19 mai, minuit bientôt.

XXXIII.

L'ENQUÊTE.

Je sais si bien que le jour approche de mes noces que je demande à mes amies mariées leurs souvenirs de ce jour délicieux.

Mais qu'elles sont sottes avec leur fausse pudeur et leur façon de ne se pas rappeler ! Quelques-unes seulement ont parlé, mais comment !

J'ai cru deviner que beaucoup ne se réjouissent pas du souvenir de ce jour.

« — Oh ! m'a dit l'une, tu sais, petite, ça n'a rien de bien gai ! Mon mari avait beaucoup mangé et beaucoup dansé. Il s'est mis dans la ruelle et s'est endormi. Alors, moi, je l'ai regardé dormir. Il n'était pas beau.

— Mais quand il s'est réveillé ?

— Eh bien, j'ai dormi à mon tour !

— Mais quand vous vous êtes éveillée !

— Ah ! ma foi ! j'aime mieux n'en pas parler ».

« — Tiens, m'a dit une autre, ça t'intéresse, Aurélie, songes-tu à te marier ? Il y a mieux à faire à ton âge Il sera toujours temps. Ne te presse pas.

— Mais enfin, le soir de vos noces...

— Bah ! dit-elle, moitié riant, je ne saurais plus te dire. Ça s'est produit trop souvent !

— Sans vous déplaire ?

— Oh ! vois-tu, sans me plaire non plus — et, d'un geste cynique, elle a mis son doigt dans sa bouche et l'a ôté — ça me fait autant d'effet que ça. »

Je crois bien que j'ai rougi. Je l'aurais battue.

Une autre a dit : « Les hommes sont brutaux. Ils font beaucoup de mal et pas beaucoup de bien, ce soir-là. Ça n'est pas un gai souvenir pour moi !

— Pourquoi ?

— Je ne peux te dire, petite, mais j'ai souffert. Ils veulent aller vite et, une nuit de noces, ça ressemble à un soir d'orgie où l'on viole une pauvre gamine sans défense ».

Mais pourquoi toutes ces femmes ont-elles accepté leur sort s'il est si triste ?

Tantôt elles ne veulent pas parler de leur amour par fausse pudeur, tantôt elles laissent entendre à moitié des choses affreuses. Où donc trouverai-je l'aveu franc et sain d'un amour heureux ?

L'amour serait-il toujours malheureux ? Non, non ! ce n'est pas possible — ces femmes n'ont pas aimé ou n'ont pas été aimées, et c'est une sorte de punition de leur lâcheté ou de leur insensibilité.

Moi, j'aime et je suis aimée.

20 mai.

XXXIV.

LA PEUR.

Oh ! non, non mon ami, Charles, non ! Je ne peux pas. Pas ce soir.

— Aurette, Aurette, disait-il à voix basse et profonde et suppliante.

— Non, non, pas ce soir.

— Aurette, Aurette.

— Non, non », et je secouai la tête sans parler.

Alors il est parti après avoir seulement baisé ma main. Je suis restée toute seule, au seuil de la maison, et je l'ai appelé trois fois et j'avais envie de courir après lui.

Qu'est-ce donc qui me fait ainsi craindre et désirer l'amour ?

20 mai, 11 heures.

Oh ! demain soir, je dirai oui ! (il ne vient pas ce soir). J'ai bien compris que je le fais souffrir et que je me fais souffrir. Mais aussi j'ai compris que si je crains et désire à la fois, c'est que je serai, à la fois, victime et triomphatrice.

21 mai, 8 heures du matin.

XXXV.

SOUVENIRS.

Les jeunes femmes sont prudes ou tristes ; j'ai interrogé la bonne Mme de Vernaisay.

Je l'ai trouvée dans son salon à l'ancienne mode, à la mode du temps du feu roi. Elle lisait un livre aimable et souriait à sa lecture.

Je l'aime beaucoup. Elle a su vivre heureuse et a su s'accommoder de tout. Elle a été assez intelligente pour se tirer des moments difficiles de la Révolution. Elle n'est pas croyante, elle est philosophe, comme elle aime à dire et les livres pieux d'aujourd'hui la scandalisent.

« Bonjour, ma jolie, m'a-t-elle dit, comment vont les amours ? »

J'ai rougi. Elle a ri finement. Mais moi : « Oh, Madame, je me méfie trop de l'amour pour m'y laisser prendre.

— Que de philosophie à cet âge ! s'écria-t-elle, ô mignonne, comme vous vous trompez ! Et comme vous le regretteriez, passé la trentaine.

— L'amour ne fait-il pas souffrir ?

— Ma foi, dit-elle, je ne dis pas qu'il aille sans quelque mélancolie, à ses moments. Mais, s'il est sain et beau, il ne fait pas souffrir au dixième de ce qu'il donne de joies. Il suffit de ne point trop lui demander.

— Vous m'étonnez, lui dis-je. Et je crois bien que mes amies ne sont pas d'accord avec vous.

— Eh ! qu'ont-elles connu ? Un mari qu'elles n'ont pas choisi, un mari sans grâce, sans tendresse et sans aucune vertu d'amour. Ou bien, elles ne sont pas dignes d'aimer, ou bien il leur faut attendre leur premier amant pour pouvoir parler ! »

Je rougis à nouveau et la bonne dame de dire :

« Voilà que j'en dis plus que je ne devrais devant des oreilles si jeunes... et si pudiques ».

Mais moi :

« Et ma maman, croyez-vous qu'elle eut à se louer d'avoir aimé ?

— Ma chérie, votre maman est une sainte et je ne suis pas faite pour comprendre les saintes. S'il y avait un autre monde, j'aurais grand peur d'aller en enfer, mais votre maman irait au paradis. Elle a beaucoup aimé et n'a jamais voulu l'avouer. Elle a été beaucoup aimée et n'a pas permis qu'on le lui dise. Pour le reste, elle a été mariée comme tant d'autres. Mais ce n'est pas à moi d'en parler.

— Hélas ! lui dis-je, elle a peut-être bien fait. L'amour est si proche de la souffrance.

— Ah çà ! avez-vous juré d'entrer au couvent ou avez-vous lu les livres de ce M. de Chateaubriand ? Quels mauvais livres et comme je les hais. Ce mélange de perversité et de fanatisme me déplaît souverainement. Je ne sais rien de plus sot qu'*Atala*, rien de plus immoral que *René*.

Je vous le dis, ma petite, ne lisez pas ces livres ou

si vous les avez lus, ne les croyez pas. Ils faussent, ils mentent, ils compliquent, ils dépravent.

Mais peut-être êtes-vous comme cette sotte de mes amies qui entra au couvent par peur de sa nuit de noces !

— Par peur de sa nuit de noces ? Mais je n'en suis pas à me marier. Est-ce donc si terrible ? — et je riais, curieuse.

— Elle l'a cru, la pauvre ! Et c'était une belle fille. Enfin elle est au ciel, s'il y en a un.

— Après tout — car je ne voulais pas laisser tomber la conversation — après tout, elle ne faisait qu'exagérer.

Mme de Vernaisay souriait à ses souvenirs.

— J'en ai connu de toutes sortes, dit-elle, et si tu n'étais pas une gamine...

— Oh ! Madame, je vous en prie. Je ne suis point prude et je sais bien des choses...

Mme de Vernaisay éclata de rire et si longtemps qu'elle en pleurait.

— Voyez-vous çà ! Enfin, de mon temps, nous étions plus précoces et, à ton âge, on pouvait parler par expérience ! J'en connus une qui n'eut pas peur : « Mon ami voulait avancer pas à pas. Allons donc ! Je l'ai affolé et j'ai conduit la danse. Ça m'a fait mal, j'ai crié un bon coup, mais après je râlais d'amour. »

— Oh ! dis-je, c'est trop audacieux.

— Je le crois. Moi, j'ai préféré faire le chemin pas à pas et sans douleur, que juste ce qu'il en faut. Ah ! c'est bien vieux. Cela se passait par une belle nuit de l'été 1755.

— Mais, fis-je, sans réflexion, je vous croyais mariée en 1758 seulement.

— Ah ! finette ! vois-tu, je savais comme on me marierait. Je n'ai pas voulu être dupe de mes bons parents et j'ai pris les devants.

— Alors Monsieur de Vernaisay ?

— Il a eu ce que je n'ai pu lui refuser ».

21 mai au soir.

XXXVI.

PROMESSE.

INSI qu'il le fait depuis le soir où je me suis dérobée, il m'a dit ce soir en me quittant et d'une voix ardente :

— « Aurette, Aurette ?

Je n'ai pas répondu, je lui ai souri.

— Aurette ?

— Oui, ai-je dit.

Il s'est reculé, tenant mes mains, et, tout tremblant, il a interrogé :

— Oui ?

J'ai refait « oui » avec un sourire.

Alors il m'a saisie dans ses bras et a couvert de baisers mes cheveux.

— Quand ?

— Après-demain. Partez vite, mon ami, nous fixerons tout demain.

Il a fait sa figure de petit enfant :
— Oh ! je ne voudrais pas partir, Aurette.
— Après-demain vous ne partirez pas, bien-aimé ».

22 mai, minuit.

XXXVII.

NOCES.

Il est à moi, il est à moi et je suis à lui !
O comme mon cœur s'enivre de cette idée !

Non, non, mes rêves ne m'avaient pas trompée ! Amour, ô bel amour ! tu es plus encore que je ne pouvais croire. Ah ! troubles, élans, soupirs, nostalgie, vous êtes expliqués — mais aussi vous n'êtes plus. — Vous n'étiez que l'attente à la porte du temple et l'espoir douloureux de l'initiation. Vierge sage ! oh ! oui, je l'étais ! Comme je me loue d'avoir préparé mon cœur et parfumé ma chair pour l'apparition du bien-aimé.

Douce langueur de ce matin d'amour ! douce lassitude de ma chair d'épousée ! Joie, triomphe, certitude. Ah ! comme je m'aime du bonheur que je lui ai donné !

O ma chair, ô mon corps ! je ne croyais pas que vous recéliez tant de bonheur, je ne croyais pas que l'amour pût aussi délicieusement, aussi divinement manifester que notre être est un, magnifiquement un : corps et âme, sens et esprit.

Est-ce mon corps, est-ce mon âme qu'il a épousé ? C'est mon corps et mon âme que je lui ai donnés et j'ai pris son corps et son âme.

Je suis lasse idéalement ! Ma chair qu'il a trouvée si belle — ô que je suis heureuse ! — est comme une jonchée de fleurs cueillies dans un jardin de paradis.

Ah ! je ne peux pas tout dire, je ne peux, ni ne veux tout rappeler. Tant de choses doivent demeurer cachées aux plis de ma chair, au secret de mon cœur.

Mais qu'il a été doux ! quelle ferveur soumise, quelle ardeur adoratrice ! Toutes les délicatesses, toutes les attentions ! Il m'a conduite à l'amour avec des mains divines, et je ne croyais pas que tant de grâce et de beauté fussent possibles et jamais mon cœur et mon corps n'oublieront... ô mon cœur, tu ne fus pas froissé un seul instant, ô mon corps... ah ! je ne peux pas dire. Je ne sais pas encore dire ce que sent mon corps.

Comme il a su me dévêtir, comme il m'a portée en me couvrant de baisers pieux jusqu'au lit — je ne le croyais pas si fort.

Il a su ne s'approcher de moi que peu à peu, et je ne savais pas si c'était à son désir ou au mien qu'il obéissait quand son corps frôlait davantage le mien ou quand sa main osait plus.

Tant de douceur, tant d'amour ! et ses paroles... ah ! comme je voulais son baiser, comme je le désirais, comme je m'abandonnais, comme je m'offrais.

A son approche, tout mon être a tressailli jusqu'en ses fibres profondes.

Mais lui, — pâle de bonheur et le cœur tumultueux — il a su pourtant n'être pas brutal.

Et la seule violence vint de moi, quand déjà heureuse par sa caresse incomplète, je l'ai serré de toute ma force en écrasant ma bouche sous sa bouche, pour la volupté de le sentir à moi et de me donner à lui sans réserve, même au prix de la souffrance, et peut-être aussi parce que ma chair n'en pouvait plus de désir.

J'ai crié en même temps de douleur et de volupté, et mon cri, commencé vierge, s'est terminé quand j'étais femme.

Quelle vie nouvelle s'est révélée à moi dont je n'avais que l'intuition !

25 mai.

XXXVIII.

COMPLAISANCE.

Je ne suis pas orgueilleuse — j'ai trop d'amour pour que mon cœur puisse contenir d'autres sentiments — mais il faut que je m'avoue à moi-même, que je regarde mon corps nu avec complaisance.

A cause de l'amour de mon amant... à cause de son amour.

28 mai.

XXXIX.

FÊTE.

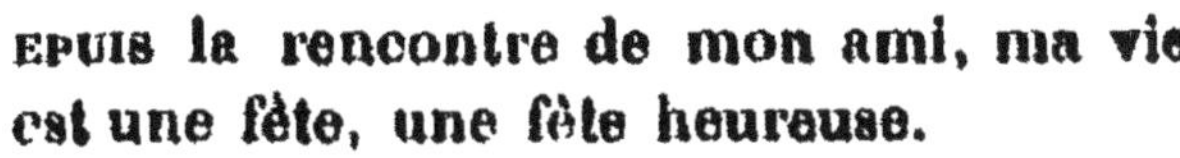

Depuis la rencontre de mon ami, ma vie est une fête, une fête heureuse.

Ce n'est pas une fête de danses, de cris, de tambourins et de folies ! c'est une fête où l'allégresse s'augmente d'être contenue, où le bonheur s'accroît d'être secret et dérobé au fond de l'âme.

C'est une belle fête et je marche processionnellement dans ma vie.

Mais la belle ivresse des soirs.

31 mai.

XL.

SAGESSE.

Nous sommes allés nous promener dans la campagne avec quelques amis.

Le soir, en revenant, nous avons eu un spectacle

magnifique. Le soleil finissait le jour dans un crépuscule de sang et d'incendie et les montagnes se profilaient en noir intense sur les ocres du ciel. Au contraire, la nuit qui s'avançait apportait le calme, la sérénité, l'apaisement.

Geneviève disait : « Que c'est beau ! que c'est majestueux ! Rien n'est aussi beau que les spectacles de la nature» .

Amis et amies enchérissaient. L'on me demanda mon avis. Je crois que je répondis à peu près : « Peut-être d'autres choses que nous ne soupçonnons pas sont-elles aussi belles — mais ce soir est bien beau. Vous ne regardez, mes amis, que le soleil qui se couche, mais voyez la nuit qui s'avance ! Que de grâce, que de paix, que de promesses ! Après le tumulte et l'orgueil et la douleur du jour, voici venir à nous l'humilité et la douceur qui donnent seuls la Joie. Voici l'heure de ceux qui ont l'âme discrète, délicate et nostalgique ».

Les jeunes gens m'approuvèrent bruyamment. Je vis Charles qui souriait, avec quelque ironie sur sa douceur. Alors je dis :

« Mais vous, M. Dumesnil, vous qui souriez, que pensez-vous des spectacles de la nature ?

Il sourit et rougit tout à la fois.

— Le spectacle de ce soir est fort beau, mais qu'importe ! Il n'est beau que des allégories que vous y voyez et des promesses qu'il fait deviner. Il ne peut rien que de fugitif et de vain pour nos âmes. Et si nous étions ici solitaires et non de compagnie, une grande tristesse, une grande amertume nous envahirait le cœur. De tels spectacles ne sont que les décors de nos sentiments. Et nous pouvons nous en passer. Ne nous y attachons pas. Ce soir ne marquera sa trace dans notre mémoire que s'il nous est permis de serrer furtivement ou longuement la main ou la taille de celle que nous aimons. La beauté du corps humain, la grâce émouvante des jeunes filles, les gestes adorables, les douces paroles, les sentiments tendres, et celui qu'on ne nomme pas sans hésitation : l'amour, voilà seulement ce qui doit faire bondir notre cœur d'adoration ».

Alors les jeunes gens furent jaloux de ces paroles et moi de même, car malgré la joie qu'elles m'apportaient, je lui savais mauvais gré de révéler ainsi nos idées et de faire briller d'intérêt, et peut-être aussi de désir, les yeux de mes compagnes.

2 juin.

XLI.

DANS LA NUIT.

Je me suis éveillée cette nuit...

Mon ami dormait ; j'ai remué, il ne s'est pas éveillé mais il s'est rapproché de moi et sa main s'est posée sur mon ventre. Geste instinctif d'amour et de possession, geste qui me fut doux. Je me suis endormie aussitôt...

XLII.

ADORATION.

TOUTE tiède encore de ses caresses, je me suis levée ce matin après lui. Et j'ai fait tomber ma chemise. Mon bien-aimé s'est agenouillé devant moi. Il m'a dit à mi-voix :

« Aurette, Aurette, tu es belle, oh ! que tu es belle ! »

Il m'a embrassée avec ferveur par toute ma chair et je ressentais ses baisers jusqu'au secret de mon âme et je frémissais de joie, d'orgueil et d'amour.

« Aurette, tu es divinement belle et je t'adore comme ma déesse d'amour et de beauté.

Je ne peux pas dire comme tu es belle, je ne peux pas dire la splendeur de ton corps. »

... Il a embrassé tout mon corps, il l'a embrassé avec piété, et, retombé à genoux, ses bras enlaçant mes hanches que l'amour fait plus larges, il est resté longtemps silencieux, les yeux clos, la joue contre la courbe de mon ventre, ses lèvres appuyées à ma peau.

Heureuse, transportée, je joignais mes mains dans la douce chevelure de mon amant.

5 juin.

XLIII.

SUR LE LEXIQUE.

Mon ami me dit : « C'est une étrange chose que certaines parties du corps soient interdites aux poëtes. »

« Mais oui ! répondit-il à mon regard qui l'interrogeait, les poëtes ont le droit de chanter les seins, la gorge, la taille, la poitrine, les hanches ; on accepte qu'ils parlent des cuisses, on tolère qu'ils évoquent le ventre sous le nom de flancs, mais ils ne doivent pas nommer les fesses.

— N'ont-ils jamais osé caresser ou regarder les fesses de leur amie ?

— J'espère qu'ils l'ont fait, mais le mot n'est pas noble, voilà tout.

— Pourtant Aphrodite était louée d'être callipyge.

— Et les Grecs avaient bien raison de l'en louer. Que je plains une femme qui n'aurait pas de belles fesses.

— Je plains encore plus son amant.

— Le malheureux ! C'est un si bel endroit pour poser les mains ; ce sont de si royales courbes, dont le moindre mouvement, la seule vue, que dis-je, le moindre soupçon, au travers des étoffes, suffit à faire naître le désir ».

Il disait ainsi et sa main suivait sa pensée.

5 juin.

XLIV.

LE CHEVAL BLANC.

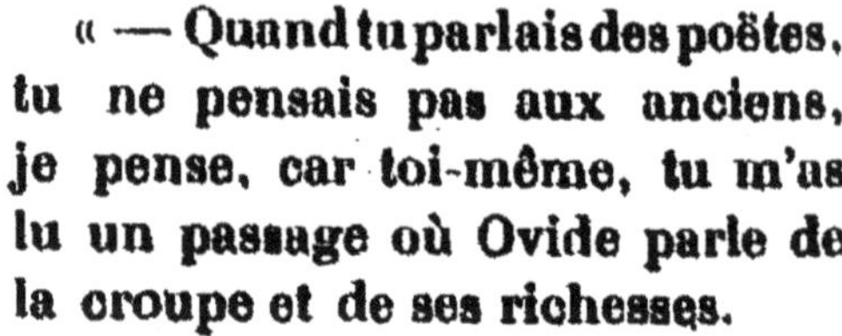

Je repris la conversation d'hier.

« — Quand tu parlais des poëtes, tu ne pensais pas aux anciens, je pense, car toi-même, tu m'as lu un passage où Ovide parle de la croupe et de ses richesses.

— Certes ! les poëtes antiques étaient plus libres que les nôtres. Le passage d'Ovide est très audacieux. Ce qu'il décrit était, je crois, nommé le Cheval Blanc par les Grecs ; du moins c'est Aristophane qui le dit.

— Le Cheval Blanc ?

— Mais oui ! puisque l'amante agenouillée, plutôt à quatre pattes...

— Oh ! j'ai compris ».

Mais déjà sa bouche écrasait mon rire.

9 juin.

XLV.

LA DANSE.

Et moi aussi, je danse.

Mon ami me parlait des danses antiques. Il en parlait si éloquemment et avec tant d'amour que je voyais ce qu'il me décrivait, mais aussi que j'éprouvais comme une jalousie pour ces femmes...

Alors, inspirée, je me suis levée, j'ai rejeté mes habits et j'ai dansé.

Ah ! la belle danse que j'ai mimée et rythmée. Tout ce que mon cœur a éprouvé depuis quatre mois, je l'ai fait chanter à mon corps : mes troubles, mes ardeurs solitaires, mes appels et mes espoirs ; la rencontre, les premiers baisers, les premiers frissons et l'appel de mon corps ivre de se donner et de faire naître l'amour.

Lassée, je me suis abattue sur mon amant. Il m'a étreinte et emportée, la chair abandonnée, moite et voluptueuse.

14 juin.

XLVI.

LES ROSES.

(J'ai dix-huit ans depuis hier au matin).

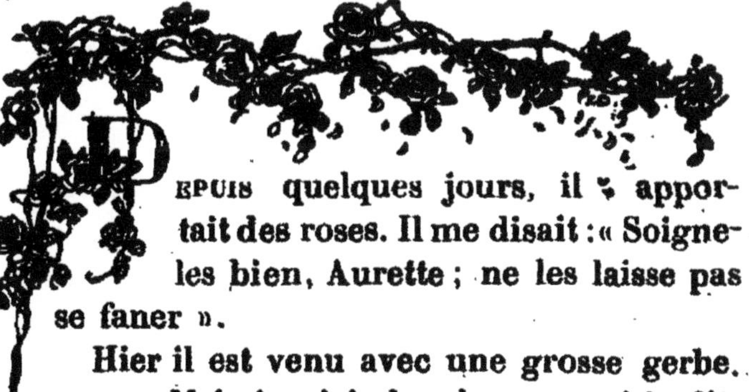

Depuis quelques jours, il apportait des roses. Il me disait : « Soigne-les bien, Aurette ; ne les laisse pas se faner ».

Hier il est venu avec une grosse gerbe.

« — Mais je n'ai plus de vases, ai-je dit.

— Il n'en est pas besoin ».

Il a mis tous les bouquets à terre et s'est assis sur un coussin.

Il a pris une à une les roses et il disait en les prenant des paroles charmantes. Il avait l'air d'un magicien murmurant des incantations.

« — Notre chambre est parfumée.

« Rose rouge : orgueil et joie d'amour.

« Rose grenat : triomphe et volupté dans les soirs lourds.

« Rose blanche : tendresse, baisers, attente.

« Rose rose : grâce, danse d'un corps jeune.

« Rose jaune-rose : caresses délicates, effeuillement des pétales de chair.

« Roses jaunes : caresses éclatantes, nudités voluptueuses.

Puis encore, il disait :

« Voici ta chair aux plis de l'aine, voici ta chair à tes seins, voici ton corps à tes cuisses, voici tes mains, voici les teintes mystérieuses des pétales secrètes. »

Et cependant il coupait les tiges, enlevait les épines, ôtait les feuilles et les sépales et nous accumulions sur les coussins et dans les corbeilles, des floraisons parfumées et troublantes de corolles décapitées.

« Mais enfin, que veux-tu faire ? prépares-tu des corbeilles pour la Fête-Dieu ? »

Il sourit et dit : « oui ».

« Oh ! dis-moi, dis-moi, mon taquin chéri ! »

Il n'a pas répondu, il m'a déshabillée, et, toute nue, il m'a portée sur le lit. Il a couvert de baisers mon corps et il disait : « Tu vois que ce sont des roses, des pétales de roses » — Et puis il a couvert de roses le lit et moi-même — il m'a embrassée, il a embrassé mon corps à travers les roses.

Toutes les corbeilles, tous les coussins, il en a répandu la moisson sur le lit d'amour et par tout mon corps parfumé, par tous les plis de ma chair. Et les roses se sont mêlées à toutes les douceurs des baisers.

16 juin.

XLVII.

GNAFRON PRÉSOMPTUEUX.

Pour rentrer, ce soir, je suis passée rue Lanterne. Un cordonnier prenait le frais devant son échoppe. Mal peigné, sale et poisseux, il était encore borgne et bancroche. Il a pourtant, en me voyant, fait claquer sa langue et dit : « Cristi ! la gironde ! je lui prendrais bien sa fleur ».

Ah ! rustre audacieux !... et d'abord elle n'est plus à prendre. Voici bientôt un mois que le beau jardinier est passé. Mais de telles fleurs ne sont pas pour de telles mains ! Les faunes avaient une autre figure et les nymphes ne les admettaient pas toujours aux joies de leurs noces. Gnafron présomptueux, quand j'aurais encore trois belles pêches au verger secret, ce ne serait pas pour ta bouche hirsute.

Mais : rentrez serpette, vendanges sont faites.

18 juin.

XLVIII.

SUR OVIDE.

ON chéri a voulu me lire quelques « amours » d'Ovide et des passages sur l'art d'aimer.

Je l'ai écouté avec impatience.

« — Cela ne te plaît pas, Aurette ?

— Non, mon aimé, je n'aime pas ces poètes érotiques. Je les trouve faux et sans chaleur. Ce sont des amours de petits jeunes gens qui n'aiment dans l'amour qu'un moment de spasme. Quant à l'art d'aimer ! quoi de plus factice et de plus froid que ces prétendus enseignements !

Les ultimes conseils d'Ovide ! qu'ils sont froids et vains ! qu'ils sentent le pédagogue ! — « Si vous avez de belles cuisses, mettez-les au cou de votre amant ; si vous avez une belle croupe, ne craignez pas d'en montrer toutes les richesses ; si vous êtes petite, chevauchez votre amant ; si vous êtes paresseuse, restez penchée sur le côté droit ! » Ah ! pauvre Ovide ! est-ce là toute ton expérience ? Comme une amante a plus d'ingéniosité, comme elle sait faire valoir sa beauté au mieux, comme elle est belle parce qu'elle ne recherche rien, mais parce qu'elle se livre tout entière et selon l'inspiration du moment à la splendeur du baiser.

Même le passage final que tu m'as lu où cet Ovide indique la position favorable à la caresse, qu'il est froid, qu'il est factice ! et comme une amante est plus ingénieuse sans son secours !

Pour la beauté des attitudes et la nouveauté des caresses, il est bien insuffisant, et, pour le surplus, il manque d'âme.

— Tu as raison, Aurette, il manque d'âme !

— Et de piété ! L'amour ce n'est pas une pédagogie, c'est une religion. L'amour n'est pas fait de petites pratiques adroites et de gestes préparés, il est fait de la somptuosité des rites et de la ferveur de la piété : c'est une religion — et il y a peu d'élus. »

Il a jeté le livre et nous avons accompli de beaux gestes fervents.

19 juin.

XLIX.

LA CARESSE INACHEVÉE.

L'heure nous a interrompus, ce matin... Hélas ! il a fallu nous quitter la chair émue. Mais je ne le regrette plus, car toute la journée j'ai été délicieusement troublée et en attente...

22 juin.

L.

SURPRISES.

O Amour, jamais tu n'épuiseras tes joies et tes surprises ; qui m'eût dit, qui m'eût fait deviner tout ce que l'amour a fait naître sans effort comme de belles fleurs dans un jardin choisi ?

Ah ! je suis émerveillée des voluptés cachées dans mon corps de vierge. O joies dissimulées, délices latentes, vous vous épanouissez l'une après l'autre ou plusieurs ensemble, vous naissez de ma chair sous les doigts de l'Amour.

Mon bien-aimé est comme un jeune dieu tout-puissant qui donne la vie à la statue aimée, et la statue s'étonne de cette vie nouvelle et des joies innombrables.

Hier, le soir était venu tandis que j'étais dans le fauteuil, mon ami à mes pieds. Il m'enlaçait la taille... très bas, et nous nous taisions, délicieusement.

Sa main libre a caressé mes jambes, puis mes cuisses, mais si délicatement, par de si suaves frôlements, que je ne m'apercevais pas tout de suite qu'elle avait changé de place, que je ne m'aperçus pas tout de suite qu'elle atteignait ce que mon ami nommé parfois le nid de colombes.

Le silence n'a pas été rompu ; mon corps s'abandonnait insensiblement, heureux, détendu, — et j'ai continué de tenir fermés mes yeux comme pour mieux savourer l'ivresse délicate et la caresse subtile...

24 juin.

LI.

ENRICHISSEMENT.

Chaque jour accroît les dons de l'Amour. Je suis comme une pauvresse qu'un dieu aurait enrichie.

O mon âme, comme vous vibrez davantage, ô mon cœur, comme vous avez plus de bonté, ô mon esprit, comme vous avez plus d'étendue ! Je discerne ce qui m'était caché dans la nature et dans la vie. Je devine des biens, des rapports, des vérités que je ne soupçonnais pas.

Et je suis riche d'une totale sympathie envers tous les êtres. J'ai plus de bonté. Je ne suis plus une pauvre enfant, enfermée dans sa petite chambre, où elle entretient difficilement un feu toujours prêt à s'éteindre ; je suis une femme ennoblie par l'amour et qui a allumé à son brasier une torche inextinguible pour guider ses pas vers la vérité et la bonté.

Je me sens un cœur à aimer le monde depuis que l'amour l'a empli tout entier.

Je suis venue à la Sagesse par l'Amour. Oh ! qu'il me guide toujours à travers la vie !

26 juin.

LII.

SILENCES.

J'ÉPROUVE auprès de mon bien-aimé tout le prix du silence. Nous ne parlons plus, nous laissons nos âmes s'aimer en silence.

O silences variés, entre les mélodies de l'amour, divins silences !

Moments divins, où nulle parole n'est nécessaire pour comprendre notre accord et notre intime union.

Silences endormis après les voluptés, repos embaumés des parfums de l'amour et alanguis de la moiteur du corps.

Silences spirituels des baisers prolongés, bouches pâmées, mains étreintes, cœurs qui défaillent.

Silences pensifs des soirs qui tombent, plénitude du bonheur, aux pieds de mon ami, ma tête sur ses genoux et sa main qui frôle mes cheveux comme une aile silencieuse.

Silence du crépuscule — mon amant près de moi et nos yeux qui s'attirent et nos regards mêlés.

Silences, silences, musique du silence où chantent les cœurs et les âmes, où s'apaisent les désirs, où la perfection du bonheur est atteinte dans la suprême harmonie de notre amour.

29 juin.

LIII.

NOUVEAUTÉ.

Mais comment la nommer?... Pour en garder ici le souvenir, j'écris seulement : jusqu'ici mon ami n'avait traité la douceur cachée de ma chair que comme une belle fleur dont on respire l'odeur, et sur laquelle on aime à poser les lèvres ; mais hier au soir elle fut pour lui comme un fruit savoureux.

Pour moi — douceur, douceur, et l'étonnement que l'extase en pût naître !

1er juillet.

LIV.

SYMBOLE.

Je n'ai retenu que ceci : la circonférence est le signe de la perfection infinie et j'ai dit à mon ami :

« — Je puis en donner la preuve.

— Laquelle, petite Aurette?

— Notre amour ! Il est parfait et sans cesse nous parcourons le même cercle. D'abord les regards et les tendres baisers, puis les paroles et les baisers à lèvres ouvertes, puis les frémissements de la chair et le doux jeu subtil des mains, comme des ailes qui s'éloignent, puis les baisers des bouches humides, les paroles de louanges et de mercis, puis les baisers tendres, puis les doux regards.

Et puis le même cercle est à nouveau parcouru, plus lentement... C'est comme un anneau où s'enroule notre vie — c'est l'anneau d'amour.

Il s'est écrié :

— C'est l'anneau enchanté et tu es la douce, puissante et subtile magicienne qui m'enchante. »

Et nous avons commencé le beau voyage en cercle.

2 juillet.

LV.

FRANCESCA.

Mon ami, à ma demande, m'a lu le passage de Dante où ce divin poëte chante les amours de Francesca.

Quelle grandeur, quelle sobriété, comme il faut peu de mots au génie pour éveiller l'émotion ravissante et douloureuse de l'amour uni à la mort !

J'ai voulu qu'il relût deux fois le poëte, pour la beauté du récit et pour la joie d'entendre sa voix trembler d'émotion malgré ses efforts.

Deux passages m'ont enchanté pour toujours :

« L'amour, qui ne fait grâce d'aimer à nul être aimé, m'enivra tellement du bonheur de mon amant... »

Comme il avait dû aimer, celui qui écrivit ces mots. Moi aussi je m'enivre du bonheur de mon amant. Et le bonheur d'aimer est fait du bonheur du bien-aimé.

Et puis :

« Quand nous lûmes comment cet amant si tendre avait baisé le sourire adoré, celui-ci, qui ne sera jamais séparé de moi, baisa ma bouche, tout tremblant. »

Il me semble que j'entends la voix douce et triste et que je vois les yeux extasiés et pleins de larmes des deux amants.

Mon bien-aimé a baisé mon sourire ému et nous nous sommes aimés, en conjuration du malheur.

5 juillet.

LVI.

NYMPHE ET SATYRE.

Nous étions en promenade aux Echets. Il y avait maman, Mademoiselle Brisseaux et Monsieur Favier, son fiancé, Mme Arrigoni et son mari, mon ami et moi.

Monsieur Arrigoni s'occupait de maman avec beaucoup de grâce et sa femme en profitait pour accaparer mon ami. L'insinuante coquette ! comme elle s'appuyait à son bras, comme elle le frôlait de sa hanche, comme elle lui jetait son regard ! Je l'aurai étranglée, cette fausse jolie qui n'a que deux beaux yeux et rien d'autre. Il est vrai qu'elle y supplée par artifice.

Nous avons trouvé un petit bois, maman s'est assise à l'orée et l'Italienne a proposé un jeu de cache-cache. Le sort m'a désignée. J'ai dû m'enfouir la tête dans le giron de maman pendant que les autres se dispersaient dans le bois. Je pensais : « Si je trouve l'Italienne avec Charles, je la gifle ».

Mais non, mais non ! ah ! j'en ris encore ! Je pars à pas de loup, je cherche, je fouille. J'entends des soupirs, je regarde : Mlle Brisseaux, à demi allongée, les bras au cou de son fiancé, s'émerveillait d'un baiser sur les lèvres. Ma foi ! je les prends. Il sourit gauchement, elle rougit comme une pensionnaire. Et je vais un peu plus loin. Dans un taillis sombre, une tache claire m'attire : c'est l'écharpe italienne. Je marche avec une légèreté d'animal en chasse ; mon cœur bat. Mon cœur bondit et le sang tape à mes tempes : un homme est avec elle, je ne vois pas les gestes ni les têtes, mais je vois sa robe relevée, une tache blanche de linge sur laquelle tranche une manche bleue de jaquette d'homme — la main est je ne sais où. Mon ami a une jaquette bleue ! J'allais bondir ! Mais je me souviens à temps que M. Arrigoni a aussi une jaquette bleue — et le geste a l'air si maladroit ! J'abaisse une feuille, puis une autre. C'est le mari ! J'ai envie de crier de joie et d'éclater de rire ! Elle ne s'y prête pas. Elle est appuyée contre un arbre et son buste est trop droit. Elle se ferme. Les yeux sont distants et le visage crispé. Lui, est fort rouge, mais le pauvre homme, il sent que ça ne va pas. Il a le geste et la figure d'une cuisinière quand sa mayonnaise ne prend pas. Il tourne la sauce pour rien.

J'allais partir. Coup de théâtre ! Impatienté, il l'a

saisie aux épaules et allongée sur le sol et avant qu'elle ait pu se mouvoir, il était sur elle. Il a dû la brusquer, car elle a crié, mais, vaincue, ses jambes se sont détendues et ses bras l'ont serré. J'en avais assez vu, j'ai couru à la recherche de mon ami.

Il était si bien caché que c'est lui qui m'a saisie au passage. Ardent et riant comme un satyre vainqueur, il a retourné et ployé la pauvre nymphe, il a retroussé les voiles et fait éclater la splendeur la plus secrète de sa chair au milieu des feuillages... Tandis que je perdais conscience et que je m'abandonnais, une petite feuille me chatouillait le visage.

La partie s'est terminée de plus calme façon.

8 juillet.

LVII.

COMME UN FRÈRE.

J'ai revu hier une de mes amies, mariée depuis peu. Depuis ses noces, je ne l'avais pas rencontrée. Elle était partie pour le pays de son mari.

C'est une petite personne ronde et brune, qui exagère tous ses sentiments ; toujours en trémolo, en soupirs, en palpitations — et les yeux au ciel.

« Eh bien, lui ai-je dit, vous êtes heureuse, Lucie ?

— Oh ! oui, m'a-t-elle dit, dans un souffle tremblant.

Mais ce oui était si incertain, que mes yeux ont interrogé. Elle a vite ajouté :

— Oh ! oui, Jules est pour moi comme un frère ! »

J'ai changé de conversation.

Mon Dieu, mon Dieu, quelles bêtises ont-ils conjuguées, quelles impuissances, quelles laideurs, pour en arriver là, à trois mois de leurs noces ?

10 juillet.

LVIII.

INVENTIONS.

Il ne se passe guère de jours sans qu'une invention nouvelle soit faite par l'un de nous — ou plutôt par tous deux.

Oh ! je crois que nous perfectionnons l'amour. Quelle variété de baisers, de caresses, de délices ! Quelle diversité d'étreintes !

Dans la tiédeur amoureuse du lit, que d'essais jamais vains, que d'inventions toujours heureuses !

Toujours pour nous mêler davantage, pour nous unir plus parfaitement, pour que chacun possède plus complètement l'autre.

Et parfois, l'impression qu'on voudrait plus encore.

13 juillet.

LIX.

L'AME DES CARESSES.

Je suis émerveillée de la puissance de nos yeux, quand nos regards se mêlent.

Mon bien-aimé était dans mes bras et déjà je fermais les paupières pour savourer son baiser — mais, impérieux, il m'a dit : « Regarde-moi », et son regard a pris mon regard tandis qu'il me pénétrait lentement, puissamment, au plus profond de ma chair.

Ce fut si fort, si inattendu, que notre baiser ne dura pas plus longtemps.

O force du regard, comme vous spiritualisez le baiser ! vous êtes l'âme des caresses.

14 juillet.

LX.

LASSITUDE.

Je suis lasse d'amour.

Toute la journée je suis restée allongée et le livre que je ne pouvais lire tombait souvent de ma main.

Je suis encore toute dolente.

Mes bras sont las de l'avoir trop serré, mes cuisses sont lasses et mes reins et toute ma chair d'avoir trop vibré de volupté.

Ah ! qu'il était ardent hier au soir, que ses caresses étaient suaves et que la volupté fut fréquente.

J'étais dans ses bras une douce petite chose en qui revenaient sans trêve le désir, la volupté, l'apaisement et puis encore le désir, la volupté jusqu'à la lassitude.

Ah ! amant chéri, je dormais déjà que tu voulais encore éveiller mon désir.

Tous les plis de ma chair sont meurtris de fatigue et tu n'auras ce soir qu'une languissante amie à bercer dans tes bras.

17 juillet.

LXI.

A LA NUIT.

O nuit, ô belle nuit étoilée, silencieuse et musicale !

O marraine des voluptés, protectrice des amants, belle nuit !

Les mondes glissent en silence dans les cieux infinis et la vibration de leurs lumières millénaires anime et pare ta grave beauté, ô Nuit !

Les hommes accablés reposent et tu rends à la Terre sa liberté première. De nouveau, elle est la sphère aux translations exactes et rythmiques, soumises aux grandes lois des cieux.

Nuit religieuse, nuit sereine, vous remplissez mon âme de piété, d'adoration ; vous faites descendre sur mon esprit et ma chair les ondes célestes d'un divin apaisement.

O belle nuit étoilée, silencieuse et musicale !

20 juillet.

LXII.

PROCESSION.

E ris encore de ce que m'a dit mon ami : il paraît que chez les Grecs, dans certaines fêtes, les jeunes filles processionnaient et l'une d'elles, la plus digne, portait un phallus, qui est, m'a-t-il dit, l'emblême de la génération. Il m'a assuré que, dans une comédie d'Aristophane, un père disait à son enfant : « Tiens bien le phallus, ma fille, tiens-le bien droit. »

Je n'ai pas voulu le croire, il doit m'apporter le livre. « Il y a bien d'autres choses dans les comédies d'Aristophane, m'a-t-il dit, auprès desquelles ce détail n'est rien. » Je suis bien curieuse de ce livre.

Mais que j'ai ri. Je ne sais pourquoi, je ne peux plus détacher de ma pensée l'image très précise de la vieille, sèche et laide Mlle Grunoyat, processionnant à Saint-Nizier, et tenant bien droit, en guise de cierge, un énorme phallus.

J'en ris encore — mais je ne veux pas écrire pourquoi ni comment il lui est venu à l'idée de me citer la phrase d'Aristophane.

23 juillet.

LXIII.

FEMME OU GUENON.

UELLE sotte parlait l'autre jour de l'amour, au salon de Mme B... ! Elle s'indignait des raffinements et du luxe dont on l'entoure. Elle regrettait la simplicité du geste des premiers hommes et des animaux.

« Alors, disait-elle, l'amour était simple et pur. L'homme et la femme ne songeaient qu'à accomplir la parole de Dieu : croissez et multipliez !

— Cela donne envie de devenir guenon », lui ai-je dit.

On m'a regardée et quelques vieilles dames m'ont visiblement désapprouvée de prendre la parole sur un tel sujet. Elles m'auraient lapidée si j'avais dévoilé mes secrètes pensées,

Non ! je ne regrette pas l'amour des premiers hommes, ni la simplicité, si « pure » soit-elle, des animaux : gestes rudes, sans tendresse, sans grâce, sans délicatesse.

Je loue en mon âme le premier homme qui enlaça tendrement sa compagne avant de la terrasser, qui lui fit connaître le goût du baiser sur les lèvres et la douceur des mains. Par lui, le baiser n'était plus un simple geste organique, l'amour n'était plus le seul besoin confus de propager l'espèce.

Il faut aimer l'inventeur des caresses avec autant de

piété reconnaissante que l'inventeur du feu ou de la bonté.

Gloire à celui qui sut trouver, aux âges lointains, la tendresse et la volupté !

25 juillet.

LXIV.

LUTTES.

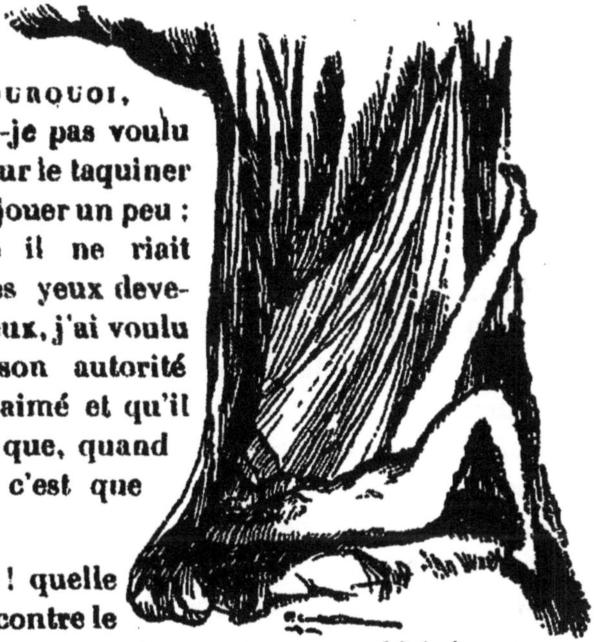

Pourquoi, hier soir, n'ai-je pas voulu son baiser? Pour le taquiner d'abord, pour jouer un peu ; mais, comme il ne riait plus et que ses yeux devenaient impérieux, j'ai voulu échapper à son autorité d'amant trop aimé et qu'il comprît bien que, quand il me prend, c'est que je me donne.

Quelle lutte ! quelle double lutte ! contre le désir de l'amant et contre mon propre désir !

Il m'assaillait de toutes façons. Il employait la ruse et la violence. Sa bouche et sa main voulaient me troubler, puis, soudain, son genou brutal écrasait mes cuisses ou ses bras cherchaient à me retourner.

Mais je suis forte et volontaire ! mes bras l'ont maintenu à distance et mes cuisses sont restées jointes et closes sur ma chair qui défaillait.

Haletant et vaincu, il a cessé le combat.

« Aurette, m'a-t-il dit, cruelle ! méchante ! » et ses yeux imploraient ce qu'il n'avait pu conquérir.

Quelques minutes, j'ai joui de mon triomphe, et puis je me suis laissée vaincre par mon désir de lui. Alors, ouvrant mes bras victorieux et mes cuisses inviolées : « Viens ! » lui ai-je dit.

Et il n'y eut plus ni vaincu, ni vainqueur.

26 juillet.

LXV.

RÉVEIL.

Je dormais trop tard à son gré.

En mon sommeil, une grande douceur se répandait et je flottais, à demi-consciente, tout l'être baigné d'une indécise volupté, comme une barque sur un lac nocturne.

Puis j'eus le sentiment confus, comme en un songe, d'une main qui voletait sur mon corps et se posait comme une colombe sur les pelouses du parc.

Puis s'effeuillèrent les pétales secrètes de ma chair sous l'audace d'un doigt, mais sans que j'aie conscience du jour, ni de la réalité.

Enfin, je me sentis froissée et serrée délicieusement et mon esprit rejoignit mon corps.

Je dormais trop tard à son gré.

29 juillet.

LXVI.

PETITE COMÉDIE.

LA cérémonie des fiançailles s'est faite aujourd'hui. Nous avions failli n'y pas songer !

Enfin ! c'est fait ! Quelle misère et que d'impudeur dans ces « fêtes de famille » où l'on traîne un pauvre amour en spectacle !

Mon bien-aimé a été adorable de tact et de grâce, et, pour lui, j'ai repoussé ma mauvaise humeur.

Nos fiançailles ! ce fut le jour où je lui ai donné mes lèvres ! Et nos noces, nos belles noces... oh ! n'est-ce pas depuis toujours que je le connais, que je l'aime, que je suis à lui et qu'il est à moi !

Oh ! la beauté, la pureté, la sainteté de l'amour !

1er août.

LXVII.

COLLIERS.

MON bien-aimé m'a offert un collier : grains de corail et disques d'or.

Il m'a dit : « Ton cou est si beau et ta nuque et la naissance de ta gorge, que l'or ni le corail ne les pâlissent, mais les exaltent encore. Je te voudrais nue et comme constellée d'or et de pierres précieuses ainsi qu'une Orientale ».

Mais j'ai répondu : « Non, non, je ne veux pas. Je ne veux pas faire macérer ma chair dans les aromates, ni l'oindre de parfums lourds, ni dérober sous l'or, l'argent ou les pierres la moindre parcelle de moi-même quand je m'offre à tes regards. Rien ne peut valoir ma chair pure, saine et nue.

Habillée, je garderai ton collier où chaque perle de corail et chaque cercle d'or gardent un baiser de toi sous un baiser de moi et, pour te remercier, j'offrirai à ton cou le collier non pareil de mes deux bras entrelacés ».

2 août.

LXVIII.

LES QUATRE FLEURS.

Il m'a dit, le doux ami :

« Ton corps est un jardin merveilleux où quatre fleurs ont fleuri.

Deux boutons rose-rouge, une corolle entr'ouverte : ce sont tes seins et ta bouche.

Et la plus belle : la grande fleur épanouie, mystérieuse et secrète de ta chair ».

J'ai ri, et je lui ai demandé : « Où est-le jardinier ? » Alors il a mis trois baisers sur chaque fleur successivement offerte.

5 août

LXIX.

HYPOCRISIE.

Mon ami m'a dit : « Il y a tant d'hypocrisie répandue sur tout ce qui est de l'amour, que l'on affecte de ne plus nommer, dans le corps humain, les endroits charmants où repose la volupté.

Quelle absurde philosophie, quelle immorale moralité, quelle haine de toute grâce se révèle dans le seul nom de veine honteuse que porte celle où le sang atteint la gloire du sexe !

Mais, au contraire, c'est une sagesse véritable, c'est l'amour de la beauté et l'espoir des caresses qui a fait nommer Mont de Vénus la courbe divine qui termine le ventre des femmes dans le vallon des cuisses ».

8 août.

LXX.

PAÏENNE.

Je ne sais plus bien pourquoi, maman m'a dit : « Tu es une vraie païenne ».

Oh ! oui, chère maman, et plus que tu ne peux croire.

J'adore la beauté de la nature et du corps humain. Je plains ou je hais la laideur, la difformité, l'hypocrisie, tout ce qui fausse, tourmente ou contraint le jeu des forces naturelles.

Et je crois en l'amour, d'où naît la volupté, la grâce, et l'art et la bonté : tout ce qui embellit la vie.

10 août.

LXXI.

DECOUVERTE.

JE soupçonnais bien mes seins de jouissances latentes, mais ils ne m'avaient révélé que des voluptés indécises.

Hier, je les sentais lourds et comme gonflés d'amour. En attendant mon ami, je les avais plusieurs fois caressés de mes mains. Quand il est venu, ils ont tressailli...

L'un après l'autre, il les a pris dans ses mains ; l'un après l'autre, ils ont éprouvé la douceur insinuante de son baiser ; l'un après l'autre, mes seins glorieux, ils ont épuisé la volupté.

Mais que mes bras sont las ce matin !...

13 août.

LXXII.

DÉSIR.

Il y a des jours où je ne puis être qu'une tendre amie, où je reste dolente et nerveuse. Mais ensuite je suis tendue de désirs si intenses qu'ils me semblent ne pas pouvoir être apaisés. Ma bouche est avide de baisers, ma chair est comme un jardin où les eaux vives ne chantent plus et qui attend passionnément la pluie. Ma chair est altérée de caresses.

Ah! ce soir, avec quelle impatience j'attends mon bien-aimé. J'ai besoin du miel de ses caresses.

14 août.

LXXIII.

MAUVAISE HABITUDE.

J'ai pris une mauvaise habitude.

Au moment de nous endormir, mon chéri met sa tête au creux de mon épaule et de mon cou. Nous mêlons nos jambes, son bras enlace ma taille ou sa main se niche entre mes cuisses.

Alors le doux sommeil nous impose ses mains.

Hélas! quand mon ami ne vient pas, je ne peux plus m'endormir. Je cherche en vain comment me mettre, en vain je niche ma main comme lui-même, en vain je me blottis dans les oreillers, rien ne peut remplacer mon bien-aimé.

16 août.

LXXIV.

NOCTURNE.

J'ai voulu suspendre notre caresse, pour qu'elle se prolongeât dans la nuit, et assoupir la volupté, malgré notre ardeur et sans nous séparer, comme l'oiseau dans la tiédeur du nid.

Il fallut s'y efforcer à plusieurs fois tant renaissait l'exaltation. Ainsi l'été, le vent du sud dans les bois. Il souffle et le bois frémit; il s'apaise de nouveau. Ainsi longtemps. Il n'est plus enfin qu'un souffle léger, à peine sensible, mais qui suffit à faire vibrer les feuilles, à faire rêver les grands loups endormis.

Puis, dans la nuit, tant d'ardeur interrompue s'éveille et les vents voluptueux et chauds secouent tout le bois d'un vaste tremblement. Le bois éperdu s'enivre d'un spasme si longtemps espéré.

Telle notre caresse...

19 août.

LXXV.

JOIES.

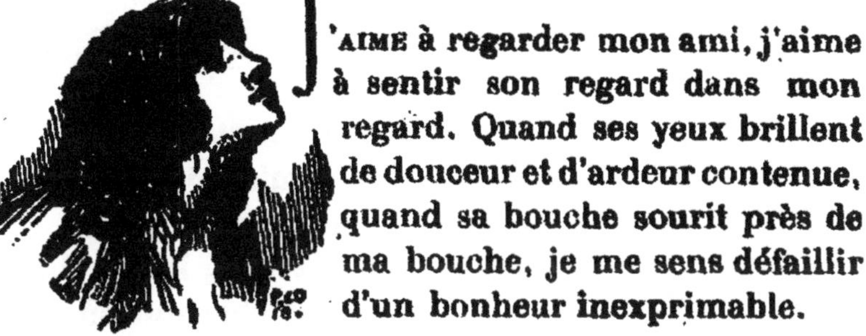

J'aime à regarder mon ami, j'aime à sentir son regard dans mon regard. Quand ses yeux brillent de douceur et d'ardeur contenue, quand sa bouche sourit près de ma bouche, je me sens défaillir d'un bonheur inexprimable.

Il est beau mon doux ami, son visage a de la grâce et son âme l'embellit. Parfois, je plonge mes mains dans ses cheveux, je le contemple un moment, et je finis par me voir dans ses yeux bruns, toute petite ; et je souris à mon image en même temps qu'à son regard.

Il est beau et fort. Son corps semble délicat, mais il vibre d'une force insoupçonnée. Sa peau est douce, plus douce que la mienne. Quel doux bruit font mes mains sur sa chair caressée : frôlement de taffetas, affaissement de satins.

Ses cheveux sont noirs, mes cheveux sont d'or aux boucles noires. Mais j'aime plus encore épandre largement mes longs cheveux sur sa chair brune.

22 août.

LXXVI.

TENDRESSE.

Mon Dieu! que mon ami est charmant!

Il est venu hier soir. J'étais un peu souffrante et je lui ai dit : « Je ne peux pas être, ce soir, ta maîtresse qui s'abandonne. » Il m'a dit : « Tu seras ma petite fille malade que je berce ».

C'est lui qui m'a déshabillée, qui a natté mes cheveux et qui m'a portée au lit. Il m'a rejointe, il m'a prise dans ses bras et j'ai niché ma tête lasse dans son cou. Alors, tout en baisant mes cheveux, il m'a dit de douces paroles. C'était comme une chanson où mon nom d'amour revenait toujours : c'étaient mes litanies.

Dans le bercement musical de son murmure, j'ai oublié mon mal et j'ai glissé insensiblement, délicieusement, au sommeil.

25 août.

LXXVII.

VICTOIRE.

J'en avais assez de cette Arrigoni et de ses manœuvres insinuantes. Parce que les hommes qui n'ont pas assez de goût, ou qui ont trop d'ironie, lui adressent des compliments qu'elle recherche, cette grande perche italienne se figure vraiment qu'elle les mérite. Le diable veut qu'elle ait de la ruse, les yeux assez beaux et surtout habiles et des façons de jouer la passion qui peuvent, après tout, être un piège pour un homme.

Il y avait trop longtemps qu'elle espérait un moment de faiblesse de mon amant. En la reconduisant je lui ai dit, à lèvres souriantes : « Venez donc passer un moment avec moi, demain soir ».

Elle est venue. Charles est venu aussi, à son heure. Elle s'est troublée. Je suis allée à lui, et, m'appuyant à son épaule, j'ai dit : « Voici celui que j'aime et qui m'aime. Il est à moi et je suis à lui. Je comprends que vous le désiriez, car il est beau de corps et d'âme. Mais, outre que vous n'êtes pas libre, car enfin vous avez un mari, et qui sait prendre ses droits, même dans les bois, outre que vous n'êtes pas libre, il faut être belle pour être digne de lui. »

Jusque-là agitée de sentiments confus et violents, elle avait haussé le menton à ces derniers mots, comme si elle relevait le défi.

« Il n'y pas de belle que vous, ma petite !

— Petite ! tenez-vous donc à rappeler votre âge ? »

Mon ami me disait tout bas : « Aurette ! Aurette !... »

« Non ! non ! lui dis-je, je sais ce qu'il en est et je suis sûre de ton cœur, mais il faut craindre les surprises d'une habile Italienne. Les yeux de madame sont adroits et promettent beaucoup..., beaucoup plus que son corps ne pourrait tenir.

— Qu'en savez-vous ?

— Eh bien, prouvez-le ! »

Et, d'un tour de mains, je fis tomber ma robe et ma chemise, et je me dressai, nue. Elle eut une hésitation, mais comme mon amant baisait mon épaule, son regard s'enflamma et, se levant, elle commença de se dévêtir.

Appuyée à l'épaule de mon amant, je la regardais. Par gestes secs et décidés, elle fit sauter les agrafes et les épingles de ses robes, elle dégrafa son corset et le jeta sur le tapis. Ses yeux flambaient et la rendaient belle.

J'en éprouvai quelque crainte, mais un coup d'œil au corset me révéla les suppléments qu'il fallait à son buste. Lentement, pour donner aux plis du corset le temps de s'effacer un peu, elle fit glisser les épaulettes de sa chemise. Elle fut nue.

Ah ! quelle joie coulait en moi, quelle délectation, quelle chaleur de triomphe ! Mon sang roulait du bonheur dans mes artères, ma poitrine se soulevait, mes orteils griffaient le tapis et ma chair secrète se contractait comme à l'approche de la volupté. Et quelle volupté que le triomphe sur la rivale !

Oh ! le regard respectueux et pitoyable de mon amant !

Pitié et respect ! respect ! quelle horreur ! Etre respectée quand on est nue devant un jeune homme qu'on désire ! Etre respectée quand on voudrait être saisie, soulevée, renversée, quand on voudrait l'écrasement des lèvres sous les lèvres et le froissement de sa chair sous l'effort du vainqueur !

Ah ! Ah ! Isabella, Bella, Arrigoni, que n'avez-vous gardé pou. votre bon mari la révélation de vos charmes! Vous! m'enlever mon amant! non! chère! il aime les chairs fraîches, il lui faut un corps jeune et gras. C'est un ogre, ma belle! et il ne saurait se rassasier de vos tendons et des plis jaunes de votre peau. Mais, ma pauvre, vos seins tombent, vos os se dessinent et vos cuisses sont trop maigres pour dissimuler noblement ce que vous brûliez d'offrir. Vous n'avez même pas de jolis poils!

Elle comprit! Mon ami avait trop de bonté pour laisser s'exprimer son sentiment, mais ses lèvres serrées et son regard froid et doux étaient plus cruels encore qu'une remarque injurieuse.

Alors, en la fixant, j'ai fait glisser mes mains sur mes cuisses, sur mon ventre et jusqu'à mes seins, que je n'ai pas soulevés — ils n'en ont pas besoin — mais dont j'ai épousé la courbe, l'index aux pointes rouges.

Dans la haute glace, elle a pu comparer nos corps.

Pauvre Arrigoni! Ses yeux ont faibli, ses lèvres ont voulu parler, elle a pâli, et, humiliée, vaincue — oh! moi, j'aurais voulu mourir, et elle le voulait peut-être — elle s'est jetée sur le divan, a enfoui sa figure dans un coussin et a pleuré sa désillusion et sa défaite.

Hélas! elle ne faisait que révéler davantage ce qui lui manquait.

Nous sommes sortis. Je me suis vêtue, et, quand j'ai

pensé qu'elle en était au corset compensateur, je suis revenue. Charles m'avait dit seulement : « Sois bonne ». Sans mot dire, je lui ai servi de femme de chambre. Elle avait les yeux rouges et les lèvres douloureuses. Je lui ai tendu la serviette humide et la boîte de poudre. Elle a refait sa figure. J'ai posé son châle sur ses épaules. Elle s'est drapée. Mon ami a cogné à la porte.

« Puis-je dire d'entrer ? »

Elle a incliné la tête. Il est entré. Elle a pâli, mais s'est dominée aussitôt. Les yeux baissés, elle dit :

« J'ai beaucoup souffert, je n'ai pas à le cacher ; je vous aimais. J'ai compris que c'était en vain ».

Sa voix se brisa. Elle fit effort et nous regarda tous deux.

« Il vaut mieux ne pas changer en haine ce qui était de l'affection chez moi, de la jalousie chez vous, et qui n'est plus. Et puis, n'est-ce pas, le silence absolu sur tout ceci.

— Je pense ainsi, lui dis-je, et je vous remercie de l'avoir dit ».

Je l'ai reconduite.

. . . .

Je suis remontée en courant. Charles m'a tendu les bras. Je m'y suis jetée et j'ai pu, cette fois, rire, trépigner, chanter mon triomphe. Il me disait : « Aurette, Aurette ! », comme à une petite fille, en riant aussi. Et puis, j'ai rejeté mes vêtements. Il y avait trop de volupté triomphante en moi qui demandait à être partagée.

28 août.

LXXVIII.

aux jeunes femmes parlaient à mi-voix, au salon, cet après-midi. Je devinais leurs confidences — et que m'importe ! — mais elles parlaient de leurs « jeux » d'amour avec un sourire et des yeux équivoques.

Ah ! folles, pauvres folles, pensai-je, vous ignorez l'amour. Ce doit être un bien pauvre amour et de bien mesquines voluptés que celles où l'on joue !

Ce ne sont pas des jeux ! c'est la vie même qui s'accomplit, ce sont les lois souveraines de la nature que nous accomplissons et si nos chairs chantent de tels hymnes de joie que nos âmes se divinisent, c'est que jamais, à aucun moment, nous ne sommes aussi merveilleusement en accord avec la Nature.

Ce ne sont pas des jeux ! c'est un rite solennel, c'est une religion. Nous dépassons la Nature, car nous avons ajouté à l'amour, la piété. Mon âme est religieuse en amour.

Quand mon bien-aimé s'unit à moi, c'est un mystère qui s'accomplit. Je suis au-delà de moi-même.

Notre union fait de nous un Dieu.

29 août.

LXXIX.

A LOUISE LABÉ.

O belle Louise! grande amoureuse, j'aime ta mémoire.

Ton souvenir me visite parfois, soit que j'attende mon bien-aimé, soit que je le tienne entre mes bras.

Belle amoureuse, docile à l'amour, comme tu enseignes la religion de l'amour! Malgré les siècles, je me sens tout près de toi. Il me semble que je t'ai connue et que, tout récemment encore, nous nous promenions ensemble dans cette ville où tu vécus, et que tu m'apprenais en paroles ardentes, sorties de tes lèvres aimées, la beauté du baiser et la piété du don.

Grande amoureuse, moi, ta petite-fille lointaine, je voudrais aussi, sans attendre la vieillesse, mourir au moment où je n'appartiens plus à la terre, dans la beauté et l'ardeur du baiser.

Mais je me sens si vivante que je souhaite encore de longs jours d'amour!

1er septembre.

LXXX.

PARURE.

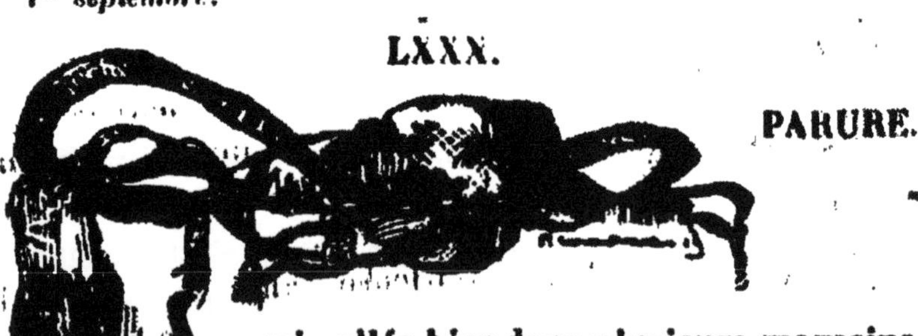

Je suis allée hier dans plusieurs magasins pour acheter quelques étoffes. J'ai rapporté des soies légères: tulles, gazes et mousselines.

Elles sont toutes jolies, mais je préfère une mousseline jaune brodée de fleurs d'or. J'aime aussi une grande écharpe azurée : sur l'un des pans, je broderai trois papillons.

Ma main se plaît au contact délicat et frémissant des étoffes souples.

Soies, gazes, écharpes, vous serez ma parure, et je ne vous veux sur moi que si vous m'embellissez et que si vous faites désirer davantage, à celui que j'aime, le moment où je vous abandonne.

2 septembre.

LXXXI.

DÉFLORAISON.

MADAME de Vernaisay est entrée en riant.

« — Bonjour, mes belles amies, je ris malgré cette chaleur tropicale qui me coupe les jambes et me fait mouiller ma chemise. Non, je ne veux pas de vos sirops. Mignonne, donne-moi un grand verre d'eau fraîche. Je vais vous conter cela.

Oh ! c'est une merveilleuse affaire, et, si je n'étais réfractaire, j'y verrais une preuve de la justice divine ».

Et de rire.

« — Ah ! le beau sujet pour ce M. de Chateaubriand

qui aime à mêler l'immoral, le contre-nature et la religion. Vous connaissez Mademoiselle Grunoyat ?

— Oui, mais peu.

— Bon. Mais vous en savez assez pour la connaître comme une pieuse fille de cinquante et quelques années, et avec tout ce que cela comporte de renfermé, de papoteur, de médisant et de sot. Ah ! la chère langue avec ses airs de sainte Nitouche, ses yeux baissés, ses joues jaunes, ses oreilles aux aguets et ce pas feutré et glissant de fausse nonne qui serre les fesses.

— Oh ! madame ! fit maman.

— Allons, ma belle, vous savez bien que c'est vrai, et il n'y a pas besoin d'être voltairienne, malgré le siècle, pour avoir remarqué la démarche de ces vieilles filles.

Mais le plus joli, c'était ces vertueuses indignations contre les jeunes filles. Dans quelle surveillance espionne elle les enfermait et quelle bave, quel fiel, sur les pauvres petites coupables d'être jolies et de se le laisser dire !

— Bon ! dit maman. elle est amoureuse du curé de Saint-Nizier.

— Non, ce serait encore de la religion.

— Mais quoi donc ?

— Elle n'est plus vierge depuis hier, à 4 heures de l'après-dîner.

— Oh ! fit encore maman. Madame de Vernaisay s'étouffait de rire.

— Vous ne me demandez pas qui est l'auteur de ce... scandale. Ça pourrait être un voltigeur ivre, un gamin lubrique ou un débardeur bien rétribué. Eh bien ! non, non ! C'est mieux que cela !

— Elle n'est pourtant pas mariée que je sache, fit maman.

Madame de Vernaisay en pleura.

— Ma chère amie, vous me rappelez ce conte de Voltaire qui s'appelle. « Ce qui plait aux dames ». Hélas! le chevalier qui aurait risqué l'aventure aurait été aussi héroïque que celui du conte, mais moins heureux à la fin. Je doute que l'amour ait pu métamorphoser ce laideron quinquagénaire.

— Mais nous direz-vous?...

— Eh! bien! oui, là, le coupable de l'effraction, c'est votre ami, l'excellent docteur Genettes.

— Oh! fîmes-nous, ahuries.

Nouveau rire de Madame de Vernaisay.

— Oh! madame, expliquez-vous, de grâce.

— Hé, c'est tout simple. Il fallait passer par là, Il y avait un obstacle. Le docteur l'a franchi. Comment? dame! je ne sais pas! mais je pense que c'est par des moyens surnaturels; car, du naturel en cette affaire, j'espère, pour notre bon docteur, qu'il n'y faut pas songer.

Allons! voilà la clef. Elle était malade; il fallait opérer par là. Pour opérer il ne fallait pas de porte fermée. Le docteur Genettes a pris un outil et il a ouvert la porte. C'est bien simple.

— Ce n'est pas si gai que cela, dit maman.

— Peste! ma belle, ça n'est pas gai. Qu'est-ce qu'il vous faut? Ah! décidément l'ironie ne fleurit plus sur terre. Mais c'est une joie pour moi jusqu'au tombeau! A ma dernière heure, si je fais trop vilaine figure, je prie seulement qu'on me rappelle le... hé! oui... le dépucelage de Mademoiselle Grunoyat, et je suis sûre de quitter ce monde, pour le néant, dans un éclat de rire.

C'est d'un bon enseignement et de la plus haute moralité. Voilà une vieille bête qui n'avait pu trouver acquéreur et qui se vantait d'avoir gardé ce qu'elle n'avait pu perdre, et qui en tirait gloire et prétexte à humilier, bafouer et persécuter les autres, et elle perd par le chirurgien, armé d'un couteau et sur un lit opératoire, ce qui d'ordinaire se donne...

Maman toussa en me regardant.

— ... Mettons : autrement, fit sagement la vieille dame.

— Mais cela ne change rien à ses vertus, si elle en a, dit maman.

— Non certes. Mais pourquoi voulait-elle que ça changeât quelque chose à la vertu des autres et pourquoi s'obstinait-elle méchamment à vouloir que l'honneur des filles fut attaché à je ne sais quelle partie d'elles-mêmes dont le seul objet ici-bas est de donner plus de prix à l'amour.

« Qui le perd est une misérable », disait-elle. Elle l'a perdu. Les autres pourront lui retourner le compliment et sa langue devra se tenir coite. Peut-être deviendra-t-elle sage et bonne. Qui sait? cette affaire peut avoir de grandes conséquences.

Je me suis laissé dire qu'elle avait fait une prière qui indique l'apparition d'une vertu véritable. « O mon Dieu ! a-t-elle dit, puisque votre dessein était que je ne meure pas pucelle, pourquoi ne pas m'avoir permis de perdre comme tout le monde ce que je dois perdre aujourd'hui si tristement et sans plaisir. Cependant, mon Dieu, permettez-moi de vous l'offrir et que votre volonté soit faite ! »

— Oh ! cette fois, dit maman, vous exagérez ». Et nous avons ri toutes trois.

4 septembre.

LXXXII.

DON.

Quand le désir d'amour est souverain de nos âmes, à l'approche de mon bien-aimé, tout mon être se donne. Mes seins s'écartent légèrement, mes cuisses s'ouvrent, mon ventre se creuse, tout mon corps est un lit somptueux pour mon amant. Il vient, il est sur moi. Ma chair s'écrase sous sa chair, mes yeux se donnent à ses yeux, mes dents s'écartent et la fleur de ma beauté est une corolle ouverte et frémissante. Sa bouche est sur ma bouche, il pénètre en moi, triomphant, et, avant de me mêler à lui au point de n'être plus qu'un, corps et âme, je lui souffle : « Je me donne à toi ».

Tout à son triomphe et à l'exaltation de ses sens, je ne sais pas, le cher bien-aimé, s'il comprend à quel point je me donne à lui.

6 septembre.

LXXXIII.

APRÈS LE BAISER.

près le baiser, mon bien-aimé est plein de douceur.

Ah ! comme j'eusse pleuré de la rudesse ou de l'indifférence d'un amant satisfait.

Mais ce n'est pas lui, le cher ami ! Chaque fois, il est infiniment tendre et chaque fois il est autant reconnaissant du don que je lui ai fait.

Il me prend dans ses bras et me berce, et prolonge mon bonheur au chant de ses paroles.

Encore heureuse et lassée, je me laisse faire, je ne sais qu'interrompre son murmure par mes baisers ou par des acquiescements qui roucoulent dans ma gorge.

Après le baiser, que mon ami est doux !

9 septembre.

LXXXIV.

LOUANGE.

Il m'a dit, le bien-aimé : « Aux pauvres filles qui m'offraient l'amour, parfois j'avais envie de dire : « Avec votre science, vous ne pourriez satisfaire mes désirs. Je me donne en esprit des fêtes voluptueuses que vous n'imaginez même pas et dont la splendeur vous laisserait stupides.

« Mais toi ! toi, ma bien-aimée! non, certes, il n'était pas aussi beau, mon rêve, que la réalité où tu me fais douter du réel ».

10 septembre.

Ici s'arrêtent les souvenirs écrits à Lyon. Quelques pages plus loin commencent les notes de Normandie.

Cherbourg, Décembre 1802.

Aujourd'hui seulement, trois mois après! j'ose rouvrir ce cahier, où mon bonheur est enseveli.

Peut-être n'aurais-je pas dû...

Mon bonheur est mort, et moi-même je suis comme une morte.

Quand on m'a appris la mort tragique de celui qui était tout pour moi...

Mais je ne peux pas continuer, je souffre, oh ! je souffre !

Que ne m'a-t'on laissée libre de mourir !

*

J'ai voulu mourir. J'ai tenté de me tuer, j'ai fait une longue maladie, et je me survis cependant. Ah ! cruelle vie, comme j'éprouve l'horreur de vivre.

O mon bien-aimé ! quand tu m'apparais, à ton heure, le soir — l'heure où tu entrais — tu sais que je te tends les bras et que je t'implore pour que tu m'emportes dans la mort.

Hélas ! ce n'est qu'une vaine apparition où s'abusent mes yeux et c'est ma douleur et le déchirement de ma chair à cette heure du soir, qui la font surgir devant moi.

A tante m'a dit : « Vraiment, mon enfant, tu as plus l'air d'une veuve que d'une fiancée esseulée ».

Ma tante est douce à ma douleur et ses mains pitoyables apaisent parfois la brûlure de mon front. Je l'ai regardée et mon regard a fait baisser le sien.

« — Jeanne...

— Tante, je suis une veuve...

— Cependant, mon enfant...

— Oui, tante, Charles Dumesnil était...

— Jeanne ! que vas-tu dire ?

— ...était mon amant ! » — et je n'ai pu retenir mes sanglots.

— Oh ! Jeanne !

Il m'a semblé qu'elle se méprenait sur la cause de mes larmes.

— Tante, je pleure parce que, de le dire seulement, ce mot me rappelle trop de bonheur. Je l'ai dit tant de fois. Tant de fois, je l'ai appelé de ce nom : mon amant, mon doux amant... ».

Je n'ai pu continuer.

Enfin, j'ai dit : « Vous comprenez, tante, que j'aie l'air d'une veuve ! »

Un instant, sa bonté a hésité, puis elle m'a répondu en m'embrassant : « Oui, ma pauvre enfant ».

Janvier 1803.

Je peux parler de mon amour avec ma chère tante et cela me fait du bien. — Ah ! je ne sais ! car je souffre encore plus après.

J'étais venue autrefois, toute petite, dans cette ville active et rude. J'étais insouciante, joueuse et vive. J'y suis revenue abriter ma douleur, j'y suis revenue désespérée, ayant vécu en quelques mois tout le bonheur de ma vie et accablée sous l'ombre de l'amour.

. . . .

Il y a des soirs où le bruit de la mer me tente immensément...

Je n'écris pas souvent sur ce cahier. Il était fait pour prolonger les moments de bonheur. La vie me pèse trop désormais pour en fixer le souvenir.

D'ailleurs, je me sens défaillir et mourir un peu tous les jours.

Puisse cet hiver m'enlever de ce monde et me conduire au repos, puisqu'il n'est plus possible de revivre le bonheur anéanti.

Mars.

Ma tante m'a dit : « Mon enfant, crois-moi, le bonheur peut revivre pour toi. Tu es belle, ma belle douloureuse, et la vie est la vie.

« Nous irons au printemps dans un petit village de la côte. Il y a des roses, des pruniers, des pommiers et des blés, et la mer ! mais plus accueillante qu'ici. Le printemps y est précoce. Qui sait ? le printemps est un grand maître et un bon conseiller ».

J'ai répondu : « Allons, si vous le voulez, ma chère tante, mais si je puis continuer de vivre, ne croyez pas qu'un bonheur tel que le mien...

— Ne dis rien, mon enfant, ne dis rien ».

Saint-Jean le-Thomas, 25 mars 1803.

Les jours ont passé. Le printemps revient, et je suis toujours vivante ! On ne meurt donc pas de douleur !

Aujourd'hui, mon cœur douloureux célèbre l'anniversaire de la rencontre de mon bien-aimé. Ah ! comme j'étais différente de ce que je suis. Quelle ardeur vers la vie et vers l'amour qui est plus que la vie.

Ah ! le premier regard de mon bien-aimé !...

Mai.

Le pays est calme, frais et joli. Quel refuge pour

deux amants! Et comme, dans ces premiers jours de mai, je sens ma solitude et ma misère!

Juin.

Que de roses en ce petit village! Le jardin de notre maison en est embaumé. Je m'étends parfois sur la pelouse et je rêve mon passé, au bruit monotone de la mer.

Il y a un an, je rêvais l'avenir!

Ah! les roses, les roses! quel souvenir! et dans quel abîme de désespoir ce souvenir me précipite!

Juillet.

Mon cousin Jean doit arriver demain. C'est un grand garçon de seize ans qui étudie au lycée de Caen.

Pourvu que ce grand garçon ne soit pas tapageur. J'ai horreur du bruit, des rires, des chants, de toutes les exubérances qui trahissent la joie. Ne me conviennent que le silence et la solitude.

❧

Si quelque chose pouvait endormir ma douleur, ce ne serait pas le charme du pays — il ne peut me donner que des regrets, — ce serait la mer.

Enfouie dans les herbes des prairies qui dominent la baie, je m'abandonne à mes pensées. Mais bientôt la mer envahit mon être par l'immensité du spectacle et la monotonie puissante du bruit des flots. A contempler sans cesse les eaux du golfe, les eaux soli-

taires où, parfois seulement, apparaissent, au loin, les voiles blanches ou rousses des barques cancalaises, les eaux vertes, bleues ou grises que surveille le Mont-Saint-Michel, lui aussi majestueux et solitaire, à entendre indéfiniment le roulement de la houle, au large, et le bruissement du clapotis sur les galets, toute idée s'anéantit, tout souvenir s'endort. Je n'ai pas plus de sensibilité que les arbres et les herbes du promontoire. Un malaise vague, une inquiétude m'avertissent seuls que ma douleur ne peut jamais s'apaiser tout entière.

Quand l'angélus sonne, il faut revenir à la vie et à la souffrance.

*

Août.

Je n'ai pas à me plaindre de Jean. C'est un grand enfant pensif, un peu trop sérieux au gré de ma tante, et taciturne — au moins à la maison.

Il m'a demandé de m'accompagner quand je sors. Je ne pouvais refuser, quelle que soit ma passion de solitude.

Les premiers jours, il a respecté mon silence. Il était pour moi si attentionné, si prévenant, que j'ai fait effort pour entretenir une conversation. Bientôt, il a beaucoup parlé de ses classes, de son travail, de ses lectures. C'était un mélange de choses puériles et jolies, ridicules et enthousiastes. Ainsi il a dansé parce qu'un récit de plaisanterie faite à un maître m'avait fait sourire et il a baisé ma main, parce que, dit-il, « mon regard l'approuvait » quand il louait je ne sais plus quel fragment de Virgile.

Ce qu'il louait, c'était les amours de Didon et d'Enée et la magnifique douleur de l'amante. Il disait, cet enfant : « C'est beau, n'est-ce pas, d'avoir tant de douleur à cause de l'amour ! » et plus bas, en baisant ma main, il a murmuré : « Vous êtes belle comme Didon ».

. . . .

Hélas, hélas ! ce n'est pas pour des conquêtes et des gloires vaines que mon amant m'a quittée ; quand il est parti de chez moi, tout embaumé de nos caresses, il ne pensait pas à me fuir.

Hélas, hélas ! mon aimé, tu t'en allais vers la mort !...

Ce soir, nous étions allés à la grève. Je m'étais

assise sur un rocher et Jean un peu plus bas. Sur la mer s'allumaient des phosphorescences.

Tout à coup Jean me dit, d'une voix basse et comme retenue :

« — Jeanne ! vous l'avez beaucoup aimé votre fiancé ?

— Je l'aime encore.

Il a secoué la tête et presque violemment :

— On n'aime pas un mort ».

Le méchant enfant m'a fait éclater en sanglots. C'est en vain qu'il m'a suppliée et qu'il a embrassé mes mains, je n'ai pas pu le lui pardonner. J'entends encore sa voix : un mort ! un mort !

Oh ! mon Dieu ! mon bien-aimé...

Accoudée à ma fenêtre, j'ai longtemps pleuré dans

la nuit, dans la nuit sonore du bruit de la mer; dans la nuit embaumée de l'odeur des roses, dans la nuit de ma solitude.

Les soirs du passé revivaient en mon âme et me rendaient cruelle la beauté de la nuit. Cependant je me suis comme endormie dans ma douleur.

Peu à peu — est ce le parfum des roses qui m'enivrait et versait un narcotique sur ma douleur? — je me suis perdue dans une rêverie indécise où se confondaient, se succédaient, une tristesse abattue, un mystérieux émoi, des visions de bonheur à jamais enfuies et comme une attente inexplicable.

Je n'étais plus moi-même et j'éprouvais un horrible malaise.

Je me suis redressée, j'ai fermé ma fenêtre et j'ai allumé une lampe pour chasser les ombres mauvaises. Mais mon malaise persistait ; j'étouffais. Je me suis dévêtue, et, prête pour la nuit, j'écris ces lignes, encore étourdie de mes rêves.

Hélas ! pourquoi ce trouble m'a-t-il envahie, pour-

quoi ces folies sont-elles montées des roses nocturnes à mon esprit malade ? hélas ! je n'attends plus rien, plus rien...

O mer, ô parfums du soir, ô Nature ! si votre puissance doit encore s'exercer sur mon âme, je vous en supplie, que ce ne soit pas pour de nouvelles angoisses.

Versez-moi l'oubli ou seulement l'apaisement avec le souvenir de mes belles amours.

E comprends maintenant, ce qui se passait dans l'âme de Jean.

Nous étions dans le chemin des douaniers, à regarder le soir descendre sur la plaine et sur la mer. Tout à coup, Jean a mis un baiser sur ma main et m'a dit :

« — Parlez-moi de votre fiancé, Jeanne, voulez-vous ? J'ai été méchant l'autre soir et j'ai bien compris que vous ne vouliez plus vous promener avec moi.

— Tu vois bien que si.

— Oui, j'ai été bien puni ces trois jours.

Puis il répéta sa demande.

— Non, non, je ne veux pas.

— Pourquoi ?

Je n'ai pas répondu, mais je ne *peux* pas parler de mon aimé parce qu'il faut en parler au passé et que mon cœur se brise.

— Vous l'aimiez ?

— Oui.

— Il vous aimait ?

— Oui ».

Ainsi me questionnait cet enfant, et je ne sais comment, j'ai parlé de mes amours. C'était pour moi que je parlais, comme si j'avais été seule dans le crépuscule, devant la mer. Longtemps, j'ai murmuré mes souvenirs...

Je ne me suis rappelé Jean qu'en le voyant à genoux, immobile, la figure douloureuse et ses mains étreignant sa poitrine.

« — Qu'as-tu, Jean ?

— Oh ! Jeanne ? c'était plus que votre fiancé, c'était...

Il n'a pu achever. Brisé de sanglots, il a caché sa figure dans ses mains.

— Pourquoi ? qu'as-tu ? Jean ?

Alors, découvrant son visage vieilli par les larmes et par une soudaine gravité, tendant un peu vers moi ses mains, comme s'il m'offrait à la fois sa douleur et sa tendresse, navré et illuminé, il m'a dit :

— Parce que je vous aime ».

. . . .

*

Ici se terminent les notes de Normandie et le journal de Jeanne-Aurélie Grivolin.

CE LIVRE

AUQUEL ON A DONNÉ

LA FORME ROMANTIQUE

A ÉTÉ TIRÉ A 300 EXEMPLAIRES

ET ACHEVÉ D'IMPRIMER

LE 25 OCTOBRE

1919

PAR L'IMPRIMERIE

DES

DEUX-COLLINES

RUE DAVOUT, 3

LYON

N° 

www.ingramcontent.com/pod-product-compliance
Ingram Content Group UK Ltd.
Pitfield, Milton Keynes, MK11 3LW, UK
UKHW021211220726
13924UKWH00003B/1454